Johnboy Schneider

SUPERNULF

Und die Tücken des Alltags

Comedy-Doku-Soap-Trash

Impressum

Bibliografische Information der Deutschen
Nationalbibliothek:
Die Deutsche Nationalbibliothek verzeichnet diese
Publikation in der Deutschen Nationalbibliografie;
detaillierte bibliografische Daten sind im Internet über
http://dnb.dnb.de abrufbar.

© 2022 Johnboy Schneider alias Jan Willand

Lektorat: Selfmade
Korrektorat: Ebenso unprofessionell

Herstellung und Verlag: BoD – Books on Demand,
Norderstedt

ISBN: 978-3-7562-7376-8

Ein Buch für alle,
die ihr inneres Kind
mit all seiner herrlich
befreienden Albernheit
im Alltagstaumel
nicht vergessen haben.

Ihr dürft
über diesen Unsinn
lachen.

Vorleseübersicht

EPISODE 1

SUPERNULF

UND DIE FURIOSEN FLUTEN

Er bog rasch um die Ecke und warf noch schnell einen Blick hinter sich, bevor er durch die Hauswand krachte. Nun war schnelle Reaktion gefragt. Kurz entschlossen hob er den Blick wieder auf und starrte um sich.

„'N Abend die Herren", sagte er zu den Männern, in deren Wohnzimmer er gerade stand. An die verstörten Gesichter der Menschen hatte er sich mittlerweile gewöhnt. Schließlich passiert es auch nicht jeden Tag, dass irgendein Kerl, strotzend vor abnormer autosuggestiver Kraft, gekleidet in schwarzes edelstes Tuch mit schriller, dunkelschwarzer Krawatte durch die Hauswand ins Wohnzimmer rennt. Seine wahre Identität kannten nur seine nächsten Nächsten. Seine geheime auch: Er war Supernulf, der neue revolutionäre Superheld. Noch nicht lange am Markt hatte er schon einige Katastrophen verhindern, zahlreiche Leben retten, zig Verbrechen vereiteln und Hunderten alter Omis über die Straße helfen können.

Jetzt wurde es das erste Mal supergefährlich.

„Das erste Mal tut es immer ein bisschen weh", sagte er in Gedanken vor sich hin und rieb seine Schulter. Die Männer nickten verständnisvoll. Eins war sicher: Hier würden ihn die aufgebrachten Mehlbauern, die er bei einer Drogenrazzia in Brasilien versehentlich mit eingelocht hatte, nicht finden. Nun galt es, die Gelegenheit zu nutzen und etwas Werbung in eigener Sache zu machen. Die Menschheit hing schon zu lange an flügellahmen Fledermäusen aus Gotham City und bebrillten Reporter-Fuzzis aus Metropolis, die in ihrer Freizeit absurd rot-blaues Strampelsatin trugen. Es war Zeit für einen modernen Helden, eine Sympathiefigur, die ins Zeitgeschehen passte; eine heldenhafte Zeitgeschehen-Sympathiefigur.

Supernulf rieb sich sein supermarkantes Kinn und schaute in die Runde, als seinem Scharfsinn, ohne den er niemals das Haus verließ, mehrere ungewöhnliche Dinge auffielen: Er war schlecht rasiert, er hatte den Ausdruck „heldenhafte Zeitgeschehen-Sympathiefigur" noch nie zuvor gehört und zweifelte noch an seiner Existenz im Duden, und er hatte noch immer nichts zu trinken.

„Öhem", begann er seinen Auftritt, „dann erst mal guten Tag. Mein Name ist Supernulf und ich bin neu hier in der Nachbarschaft. Ich bin sozusagen eine heldenhafte Zeitgeschehen-Sympathiefigur, Beschützer des Rechtmäßigen, Bollwerk wider dem kriminellen Element. Hier meine Karte…", schoss es aus ihm heraus als er merkte, wie superpeinlich und völlig unangemessen dieses Gelaber war.

„Wie auch immer. Einmal in ihrem Zimmer denk ich mir: hat hier jemand Dosenbier?", fuhr er wesentlich professioneller fort. Gehüllt in das eloquente Gewand lyrischer Umgangsformen fühlte er sich sicher. Einer der Anwesenden warf ihm eine superkalte Dose Pils zu. Supernulf fing sie elegant mit einer Hand und noch ehe er sich an seiner eigenen Geschicklichkeit ergötzen konnte, hatte sich sein Daumen am unteren Rand der Dose tief ins Blech gebohrt und ein gewaltiges Loch ins Futter gerissen.

„Yeah! Die Königin unter den Bieren", prollte er und verstummte plötzlich. Hatte er seine geheime wahre Identität als popeliger Werbe-Fuzzi nicht leichtsinnig aufs Spiel gesetzt?! Jetzt nur keinen Fehler machen! Er nutzte den Moment erstaunter Gesichter auf dem Dreisitzer aus Velour, setzte das Loch an den Mund, riss im Aufschwung die Verschlusslasche ab und stürzte das drohende Nass den Rachen hinab. In großen Wogen flutete das Bier furios seine Speiseröhre. Er kämpfte und schluckte; er rang mit dem Bier und verschlang es in großen Zügen. Ein unglaublicher Rülps verkündete schließlich den Sieg. Fasziniert sprangen die Männer auf. Jubelnder Beifall bestätigte Supernulf die

Wichtigkeit seiner Existenz. Und die Coolness seines Geschäftsgebarens.

Befriedigt machte er sich auf den Heimweg. Wieder einmal war es Supernulf gelungen, seinen Namen in der Gesellschaft zu manifestieren. „Superman, wart's nur ab", hörte man ihn hämisch nuscheln, als er um die Ecke bog.

EPISODE 2

SUPERNULF
UND DIE GEMÜSEGANGSTER

Supernulf entstaubte seine verstaubte Jacke. Er musste leicht husten, als ihn die Staubpartikelchen, die vom aufgewirbelten Staub seiner völlig verstaubten Jacke herrührten, angriffen.

Er erinnerte sich verschwommen an die Ereignisse der vergangenen sechsunddreißig Stunden: Er hatte sich gerade ein superheißes Bad eingelassen. Die Bergung eines gesunkenen Öltankers forderte Tribut. Gerade riss er eine Dose Pils, als es eventuell klopfte. Er stürzte zur Tür und sah sich um.

‚Unglaublich leer hier', dachte er und beschloss spontan, kurz beim Gemüsehändler vorbeizuschauen. Just in dem Moment, als er sein geschniegeltes Jackett überwarf, marschierte er los.

Als er den kleinen, lustigen, türkischen Gemüseladen betrat, fiel ihm sofort der kleine, lustige, türkische Gemüsehändler auf, den er mit einem „Sagen Sie, wo finde ich hier mein heiß geliebtes Dosenbier?" begrüßte.

Erstaunt über seinen spontanen Paarreim überhörte er die Antwort des Händlers; sein Gaumen wies ihm den Weg.

Im Vorbeigehen musterte er ein paar randalierende Omas an der Obsttheke. Er beobachtete eine Weile, wie sie mit leeren Underbergs um sich werfend Anti-Altenheim-Parolen grölten. Und gab ihnen Recht. Dennoch, ihr Verhalten war nicht sittsam, so viel war klar, nachdem ihn eines der Underberg-Fläschchen am Schienbein getroffen hatte. Kurz entschlossen baute er seine mächtige Statue vor ihnen auf und hob zu einer Moralpredigt an.

„Aber bitter meine jungen Damen, was soll den das Getöse. In meiner Funktion als Supernulf möchte ich sie bitten…" Und schon zerschellte eine supergroße Honigmelone an seinem Kopf. Seine Halsschlagadern schwollen unglaublich, als er zur Diplomatie griff.

„Raus hier, du alte verrunzelte Schachtel, du Faltengebirge, sonst hilft dir auch die Kraft der zwei Herzen nicht weiter…!?" Hatte er soeben etwa seine geheime Werber-Identität durch unvorsichtige Werbegelaber aufs Spiel gesetzt? Um diesen Patzer zu vertuschen, versenkte er den Rentnerschädel in den Bananen. Gleichzeitig eröffneten zwei weitere Gangmitglieder das Feuer mit Kokosnüssen. Supernulf brach unter dem Kugelgewitter zusammen. Gedanken schossen durch seinen Kopf: Warum ich? Wo ist mein Bier? Warum braucht Howard Carpendale an

Weihnachten gar nicht erst ohne Mon Cheri nachhause kommen?

Er erlangte die Besinnung wieder und blinzelte ins grelle Tageslicht. Die Schlacht tobte: Der kleine, lustige, türkische Gemüsehändler war nur noch klein und türkisch. Er hatte verzweifelt hinter der Theke Stellung bezogen und stand unter starkem Artilleriebeschuss. Eine Oma rannte an Supernulf vorbei. Er nutzte die Gelegenheit, ihr ein Bein zu stellen und sich eine Zigarette anzuzünden. Hier hilft nur der Proll, das war ihm jetzt klar. Die Oma fiel der Länge nach auf ihre Dritten. Supernulf konnte sich ein Lachen nicht verkneifen, als erneut Gefahr drohte. Er griff nach irgendeiner Waffe, bekam jedoch nur den Beinbeutel der Angreiferin zu fassen. Das war die Gelegenheit!

Supernulf sprang auf und bedrohte die Rentnergang mit der Inkontinenz-Kanone:" Stehen bleiben oder ich scheiße!"

„Elvira! Du bist inkontinent?!", tönte es aus einer Ecke.

„Du hast uns deinen Beinbeutel jahrelang verheimlicht", zeterte es aus einer anderen. „Weißt du überhaupt, welchen Gefahren du uns ausgesetzt hast?"

Supernulf schob das streitende Pack aus dem kleinen, lustigen, türkischen Gemüseladen, griff nach einem Sixpack und legte dem kleinen, türkischen Gemüsehändler, der allmählich auch wieder lustig wurde, fünf Euro auf die Theke.

„Aber nicht alles auf einmal auf den Kopp hauen", prollte er im Rausgehen in der Gewissheit, die Notwendigkeit einer heldenhaften Zeitgeschehen-Sympathiefigur wieder einmal unter Beweis gestellt zu haben. Ein schöner Tag, schade nur, dass seine Jacke durch den Sturz total verstaubt war.

EPISODE 3

SUPERNULF

UND DAS DISCO-DESASTER

Als Werbe-Fuzzi getarnt verließ Supernulf an einem Donnerstag gegen achtzehn Uhr dreißig das Büro. Es wurde Zeit, mal wieder etwas abzuspannen. Zu diesem Zweck hockte er sich zu Hause hinter seinen Feldstecher, doch die superscharfe Nachbarin war leider außer Haus. Gefrustet und müde stolperte er zum Kühlschrank, um sich sein Abendessen zu holen. Er griff nach einer Dose Bier und entriss ihr die Verschlusslasche. „Fast Food ist geil", brabbelte er vor sich hin und schaltete den Fernseher ein. Ausgerechnet an diesem Tag wurde noch mit einem Erdbeben gerechnet, so verkündeten es die Nachrichten. Doch Supernulf hatte sich soeben schon etwas anderes vorgenommen.

Er stiefelte in sein Arbeitszimmer und öffnete den Schrank. Nach langem Überlegen griff er den zweiten der einhundertundfünfzig identischen, schwarzen Armani-Anzüge heraus. Er schmierte etwas Gel auf die Haare – die Frauen stehen auf so was, wie er vermutete

– und stieg in seine supergeputzten Schuhe. Der Weg führte Supernulf direkt zum Ort des Grauens.

Gegen zweiundzwanzig Uhr dreißig betrat der Held die Techno Disco. Niemand bemerkte die LIDL-Tüte in seiner Hand, sein heldenhaftes Auftreten und tadelloses Äußeres lenkten die Blicke auf seine Person. Er schwang seinen heldenhaften Hintern an die Theke und bestellte mutig einen Jim Beam. Der Barkeeper stellte ihm ein Glas hin. Supernulf nippte. Endlose Stille zerschnitt jäh den Technolärm. Er blickte den Barkeeper scharf an.

„Das ist kein Jim Beam!" Einmal mehr wurde ihm bewusst, dass er seine geheime wahre Werber-Identität aufs Spiel setzte.

„Und?", konterte der andere fachmännisch. „Na gut, dann gib mir Bier – Dosenbier", wand sich Supernulf aus der prekären Situation. Das Publikum atmete hörbar auf, führte die Tanzbemühungen fort und fortan roch es wieder vortrefflich nach Schweiß. Eine herrlich prollige Atmosphäre, die ihn seines Vorhabens erinnerte.

Seine superscharfen Adleraugen musterten die Umgebung. Über der Mitte der Tanzfläche erspähte er das DJ-Pult. Er ergriff seine LIDL-Tüte und spurtete die Treppe hinauf auf die Empore in der ersten Etage. Dabei verloren offenbar einige Besucher ihr Gleichgewicht. Der Held ließ sie fallen, er musste die Menschheit vor weitaus Schlimmerem bewahren. Außerdem hätten sie auch besser aufpassen können.

Schon eilte er über den Steg und erreichte den DJ. Mit sicherem Griff ergriff Supernulf sicher den Plattenteller, als ihm auffiel, dass das, was mit diesem Turntable geschah, absolut abtörnend war.

„Keine Angst, nun bin ich ja da", beruhigte er das Gerät. Ein schrilles Kratzen und die Musik verstummte.

„Finger weg, du Sackgesicht", kackte ihn der DJ ein wenig unhöflich an. Obwohl er zugeben musste, dass er sich geschmeichelt fühlte, entgegnete der Held kühn:

„Fresse Kleiner, du hast ausgespielt!"

‚Super!', dachte er bei sich, versetzte dem peinlichen Wicht einen Stoß in die Rippen und schob ihn zur Seite. Die Besucher sahen von der Tanzfläche verschwommen, wie Supernulf eine Vinylscheibe aus der Tüte zog und nach dem Mikrophon griff.

„Öhem, 'n Abend allerseits. Ich bin Supernulf und heute hier, um euch..." Er war sichtlich nervös. Ein Sympathisant warf ihm superunerwartet eine Dose Bier zu. Der Held erledigte sie in einem Zug.

„Time to paaaaarty!", rülpste er gekonnt und schmiss eine superdebile Motörheadscheibe an. Binnen weniger Sekunden geschah Unglaubliches: Der Schuppen leerte sich (bis auf den Sympathisanten) und plötzlich standen mächtige Security-Leute vor Supernulf.

Irgendwie war ihm die Flucht gelungen. Er konnte sich kaum noch an die Heldentat des vergangenen

Abends erinnern, als er am nächsten Morgen mit tierischen Kopfschmerzen erwachte.

,Zeit, mal wieder abzuspannen', dachte er und stellte den Feldstecher ein...

EPISODE 4

SUPERNULF

UND DIE ZIGEUNER-ZICKE

Brummel.....Grrrrrr.....Aaaaargh...

Meist konnte Supernulf sich auf die dezenten Hinweise seines Magens verlassen.

Brrrrrr.....Harrrrr.....Uuuuuaaaaaargh...

‚Es wird ihm nach etwas schwer verdaulichem Gelüsten‘, dachte er so laut vor sich hin und freute sich insgeheim ob seiner fantastischen Formuliererei. Der Hunger war berechtigt. Gerade kam er aus Venezuela zurück, wo er einem ausbrechenden Vulkan gehörig den Rachen gestopft hatte. Die Bevölkerung hatte ihn eingeladen, doch noch ein paar Jahre zu bleiben. Der Vulkan sei recht regelmäßig rege, hieß es. Bescheiden, wie er war, lehnte der Held die Einladung ab. Er habe ebenfalls noch zu tun. Und in der Tat, just als sein Magen zu einem erneuten Aufschrei anhob, drehte er sich zur Seite. Die DVD war langweilig, der Kühlschrank leer – so konnte das mitnichten bleiben.

Behände sprang er auf und huschte katzenartig um die Ecke in sein Ankleidezimmer. Als er wieder im

Türrahmen erschien und sich im Spiegel an der gegenüberliegenden Wand erblickte, war er zu seiner eigenen Überraschung überrascht. Er sah super aus. Doch im Grunde war das nichts Neues. In seinem schwarzen Armani-Gewand wusste er bisher noch jedes weibliche Auge zu erfreuen. Wie er glaubte.

In seinem heldenhaften Outfit machte er sich auf den Weg, seinem bimetallharten Körper zu ein paar Nähr- und Mineralstoffen zu verhelfen. Nach wenigen supergroßen Schritten gelangte er ans Ziel seiner Wünsche.

„Einmal Pommes-Jägersoße", rief er der Pommes-backfrau zu, während er noch überlegte, ob es die Berufsbezeichnung Pommesbackfrau überhaupt gab, oder ob es sich nicht einfach um eine Friteuse handelte.

„Heißer Job, was? Mehr fettig als fetzig hm?", versuchte er eine schwungvolle Konversation zu entfachen. Menschen schätzen so was.

„Die Frisur sitzt jedenfalls, auch ohne Drei-Wetter-Taft", entfleuchte es ihm amüsiert hüstelnd. Und wieder einmal ertappte er sich dabei, seine wahre Identität als schnöseliger Werbe-Fuzzi leichtsinnig aufs Spiel zu setzen. Gerade wollte er charmant ablenken, als ihm die Köchin zuvorkam.

„Da." Er blickte auf das, von dem er nicht glauben konnte, dass es das war, was es vorgab zu sein. Sein Hals schwoll an.

„Und was", raunzte er die Bedienung an, „was soll das bitte sein? Hm?"

„Pommes-Jägersoße", nölte sie wenig fantasievoll zurück.

Nicht zuletzt wegen seines geschwollenen Halses platzte dem Helden der Kragen.

„Das sieht doch jede Weinbergschnecke, dass das hier Zigeunersoße ist! Allein schon diese Schlabberpaprika aus dem Glas – widerlich! Was glauben Sie Fettnase wohl, was der Unterschied zwischen `nem Zigeuner und `nem Jäger ist?", wies er höflich auf das vor ihm liegende Missverständnis hin. „Na?", bekräftigte er seine Fragestellung. Den ignoranten Blick musste er sich nicht länger bieten lassen. Er ergriff sicher die 45er-Gewürzketchup-Flasche und setzte an.

„Kaliber 45 genau zwischen die Augen", prophezeite er nicht ohne Stolz. Und schon der erste Schuss saß. Auf der Bluse der Fritten-Trine.

„Aaaaargh! Nimm das!" Supernulf verschoss das gesamte Magazin.

Völlig außer sich ließ er den großkalibrigen Gewürzketchup-Colt zu Boden fallen. Er langte über den Tresen und bekam eine 0,5er Dose Pils zu fassen. Routiniert stieß er seinen Daumen ins Futter und zog einmal kräftig durch das Fünf-Euro-Schein große Loch.

„Der Saft des Lebens", rülpste er zufrieden und wandte sich ab in dem beruhigenden Wissen, dass er zumindest seinen Ruf als heldenhafte Zeitgeschehen-

Sympathiefigur einmal mehr ins Herz all der Feinschmecker gebrannt hatte, die ein Wiener von einem Frankfurter Würstchen unterscheiden konnten.

Supernulf schlenderte dem Sonnenuntergang entgegen, ohne die zahlreichen Lebensmittel zu beachten, die ihm die erzürnte Zigeuner-Zicke hinterherwarf und die ihm zwar den Anzug aber nicht den Tag versauten. „Warum isst Batman nie Pommes?", fragte er sich und steuerte auf direktem Wege den nächstgelegenen Dönerstand an.

EPISODE 5

SUPERNULF

UND DER BART-BANAUSE

'Puh', dachte er und war stolz darauf, dass er dachte. Denn er hatte schon gedacht, dort käme er nie wieder heraus. Falsch gedacht – zum Glück. Die Menschenmassen, die Aggressivität – nicht auszudenken was noch passieren würde. Ein-, vielleicht zweimal im Jahr kam ihm dieser Gedanke, es sei alles vorbei. Letztlich konnte er nur noch an eines denken: Raus hier! Er bahnte sich einen Weg durch die tobenden Massen und verließ das Gebäude. ‚Puh', dachte er, ‚nie wieder Sommerschlussverkauf!'

Das Löschen eines großflächigen Waldbrandes in Portugal hatte seinem supereleganten Armani-Anzug übel zugesetzt. Es gelüstete ihn nach Ersatz. Im Zuge des Sommerschlussverkaufes verschob er jedoch seine Prioritäten. Die großen Glastüren öffneten sich lautlos just in dem Moment, als er den Supermarkt betrat.

„Verzeihen sie junge Dame?! Nur, ich frage mich eben gerade, ob sie mir wohl verklickern, wo sie hier Dosenbier vertickern?", reimte er eine junge Regal-

Einräum-Angestellte an. ‚Frauen stehen auf Lyrik', dachte er so bei sich als er noch einen draufsetzte und zusätzlich darüber nachdachte, ob es die Berufsbezeichnung Regal-Einräum-Angestellte überhaupt gibt, oder ob die Supermarkt-Gewerkschaft nicht längst einen viel eleganteren und eloquenteren Begriff gefunden hatte. So etwas wie Markenartikel-Logistikerin.

Die junge Frau schob ihn in die Getränkeabteilung, froh, diesen peinlichen, schwarz gekleideten Wicht los zu sein. Supernulf erfasste sein Ziel und griff superentschlossen nach einem Sixpack. Anschließend schlenderte er durch die Reinigungsmittel in Richtung Kasse. Superungeschickt drängelte er sich vor, bis er von einem großen bärtigen Mann wieder ans Ende der gut fünfundzwanzig Meter langen Schlange getragen wurde.

„So nicht!" Seine Halsschlagader schwoll vorzugsweise am Hals an. Der Held ergriff ungern härtere Maßnahmen, doch jetzt baute er sich in voller Pracht auf, marschierte großen Schrittes an der Schlange vorbei und stoppte abrupt neben dem großen bärtigen Mann.

Verächtlich blickte er den zwei Kopf größeren Wicht aus den Augenwinkeln an. Geübt entriss er dem Sixpack die mittlere Dose. Der Schrank wich ein Stück zurück. So viel Professionalität hatte er offenbar nicht erwartet. Im Beisein der knapp 200 Kunden hielt er dem Bärtigen die Dose vor die Nase.

„Vitamine und Naschen!", raunzte er seinen Gegner an. Als er bemerkte, dass gerade seine geheime reale Identität als Werbe-Schnösel auf Messers Schneide stand, besann er sich seines Vorhabens: Supernulf erhob dramaturgisch perfekt inszeniert den Daumen und ließ ihn für einen Moment drohend über dem Biergefäß kreisen. Plötzlich schoss er herab und bohrte sich mit einem scharfen Zischen tief ins Blech. Ein Raunen ging durch die Menge. Sämtliche dreihundertneunundneunzig Augen – unter den Kunden befand sich ein Kriegsveteran – waren auf den Helden gerichtet. Souverän setzte Supernulf an und ließ das kühle Nass durch seinen Rachen laufen.

„Man muss es nicht nur hier haben!", schrie er und zeigte auf seinen Sixpack. Zustimmendes Grunzen aus der Menge.

„Nein! Auch hier!", ergänzte er, während er auf seinen Kopf deutete. Gefolgt von unverständlichem Schweigen.

Schwungvoll ergriff er die Schnur mit der Klingel, deren Ertönen ihm den Weg zu einer weiteren geöffneten Kasse bahnen sollte. Applaus bestätigte ihn als heldenhafte Zeitgeschehen-Sympathie-Figur.

Befriedigt rülpste er in sich hinein und bohrte die nächste Dose auf, während die zweite Kasse noch immer geschlossen blieb. Die Schlange drängte sich an dem eingeschüchterten Bärtigen vorbei und verließ nach und nach das Einzelhandelsfachgeschäft.

Zweieinhalb Stunden, zweihundertsiebenundfünfzig Klingelzeichen und vierzehn weitere Dosen später wurde es ruhig im Supermarkt. Supernulf kauerte vor der noch immer ziemlich geschlossenen zweiten Kasse und grunzte, als plötzlich superunerwartet Personal auftauchte. Des Helden Augen erstrahlten in freudigen Glanz, als der Marktleiter ihn am Kragen packte und vor die Tür setzte.

"Feierabend", erklärte er ausschweifend, während er hinter sich abschloss.

‚Puh', dachte Supernulf, ‚dagegen ist Sommerschlussverkauf ja gar nichts.'

EPISODE 6

SUPERNULF
UND DER BIER-BULLE

Er leckte sich das Maul. Es tropfte von seinen Eckzähnen. Manchmal spürte er das Tier in sich. Supernulf wandte sich von der Trinkhalle ab, an der er seinen Heißhunger mit einem alkoholfreien Bierchen gestillt hatte. Vor einer halben Stunde erst war er aus Asien zurückgekehrt, wo er noch flugs einen gewaltigen Erdrutsch zurechtrücken musste. Jetzt war es an der Zeit zu entspannen.

Er trat an seinen feuerroten Mittelklassewagen heran und wich entsetzt zurück.

„Macht, dass ihr da wegkommt, aber zack!", schrie er, „Ich glaub ich sehe nicht richtig!" Wie recht er doch hatte. Er setzte seine Brille auf und merkte erst jetzt, dass es nicht nur vereinzelte Ameisen, sondern eine komplette Kolonie war, die sein geliebtes Blechkleid von der Stoßstange bis zum Auspuff bevölkerte. „Und nehmt eure Verwandten gleich mit", schrie er weiter, als ihm klar wurde, dass Ameisen schwerhörig sind.

Zumindest reagierten sie auf seine sanfte Aufforderung nicht.

Supernulf wurde sauer, öffnete die Tür und stieg ein. Er drehte den Zündschlüssel und ließ superspontan seinen Bleifuß aufs Gaspedal fallen. Zu seiner Enttäuschung quietschten die Reifen auf dem feuchten Kiesbett nicht so, wie er es aus amerikanischen Filmen gewohnt war.

„Mal sehen, wie windschnittig ihr seid", schrie er das Ameisenpack durch die geschlossene Windschutzscheibe an. Der Held lachte laut auf und steuerte die Autobahn an. Binnen weniger Sekunden war er auf 180. Sein Wagen auch. Das musste auch der nette Polizist bemerkt haben, der soeben die Verfolgung aufnahm.

Supernulf war ein anständiger und vernünftiger Bürger. Noch nie hatte er sich etwas zu Schulden kommen lassen. Also fast. Er war eine heldenhafte Zeitgeschehen-Sympathiefigur. Er musste einfach halten und nutzte die Vollbremsung, um auch die letzten Ameisen vom Dach zu katapultieren.

„Super!", freute er sich, als der Polizist hinter seinem Vehikel auftauchte. Supernulf hatte schon unzählige Cop-Filme gesehen und wusste, wie man mit diesen Burschen umgehen musste. Die Tür seines Wagens schwang auf, ein lederbeschuhter Fuß wurde demonstrativ auf dem Asphalt platziert und der zugehörige fein bezwirnte Held erhob sich zu voller Pracht. Wenngleich sie schon bei 1,76 Meter zu Ende war. Er legte den leicht schläfrigen Blick hartgesottener Italo-Cowboys auf, weil er leicht schläfrig war, und bereitete sich auf eine staubtrockene, kompromisslose Konversation vor.

„Sie wissen, dass hier nur 100km/h erlaubt sind, junger Mann? Dafür waren Sie aber recht flott unterwegs", belehrte ihn ein schmieriger Beamter mit schlecht gestutztem Schnurrbart.

‚Ein ganz ein Schlauer', seufzte Supernulf innerlich und nickte unmerklich.

„Sie wissen wohl nicht, dass das gefährlich ist, wie?", klärte ihn der Wachtmeister auf.

„Da ich etwas kurzsichtig bin fahre ich stets zu schnell, um die Ferne rascher in die Nähe zu rücken", klärte der Held den Wachtmeister auf, während er noch überlegte, ob es überhaupt schon ein ausgewachsener Wachtmeister war, oder nicht viel mehr ein Wachtlehrling.

„Sagen Sie mal, haben Sie etwa etwas getrunken?", fragte der Polizist scharf.

„Selbstverständlich, der Mensch sollte etwa zwei bis drei Liter am Tag trinken, denn wahre Schönheit kommt von Innen", klärte der Held auf, als ihm klar wurde, dass er soeben seine geheime reale Identität als gelangweilter Werbeheini aufs Spiel setzte.

„Das glaube ich einfach nicht", warf der Polizist erzürnt ein. Jetzt hatte das Streifenhörnchen den Helden bei seinem Stolz gepackt. Er öffnete den Kofferraum und ergriff gewandt eine Dose aus seinem geheimen Biervorrat.

„Das geht ganz einfach", hob er an und gleichzeitig seinen Daumen, der sogleich das dünne Blech durchbohrte. „Jetzt brauchen Sie nur noch das Loch hier an den Mund zu setzen und beim Kippen der Dose die Verschlusslasche wegreißen. Und schon geht alles den Bach runter. Suuuper!" Seine Laune besserte sich merklich, als er sein Gegenüber an seinem Know-how teilhaben lassen konnte.

„Suuuper!", rülpste der Beamte, nachdem er die sechste Trainingsdose geleert hatte.

„Ich lass Ihnen noch einen Sixpack hier, zum Üben, damit aus dem Kalb auch mal `n richtiger Bulle wird", ermunterte er den Polizisten mit einem Klaps auf den Rücken. Pflichtbewusst verständigte er kurzerhand dessen Kollegen: „Ja, voll wie ein Kino, aber sonst geht's ihm gut. Denke ich. Ich fürchte nur, er kann nicht mehr fahren."

Stolz, auch der Obrigkeit die Existenz einer heldenhaften Zeitgeschehen-Sympahtiefigur bewiesen zu haben, wandte er sich seinem Durchschnitts-Automobil zu. Es war dringend Zeit zu entspannen. Das Tier wollte in die Höhle zurück...

EPISODE 7

SUPERNULF
UND DIE TRACHTEN-PRÜGEL

*Wie in aller Welt war er nur hierhergekommen? Gleich
mehrere Ereignisse belebten seine Erinnerung.*

*Erstens: Er hatte gerade eine Lawine in den bayrischen
Alpen vom Abgang abhalten können, als man ihn spontan
einlud, auf dem Rückweg doch bitte den Anstoß beim
Oktoberfest durchzuführen.*

*Zweitens: Obgleich er sich geschmeichelt fühlte, dachte er
mit Schrecken an die Blasmusik und die stämmigen
Kellnerinnen, die in den superunscharfen Dirndln sehr
beengend wirkten.*

*Und drittens: Er hatte einmal als achtzehnjähriger Knirps
durch das Loch einer Damenumkleide gespannt. Der Anblick
der Frauenriege im Kugelstoßen sowie die Schelte der
Teamchefin hatten den Grundstein für sein etwas irritiertes
Verhältnis zu Frauen gelegt. Doch das gehörte nicht hierher
und so warf er sich todesmutig ins Gedränge.*

Am großen Bierzelt angekommen sorgte eine
supergroße Portion Gemüse in Bierteig dafür, dass sich

Supernulfs Laune schlagartig besserte. Während er noch überlegte, ob es sich wohl um Export-, Pils- oder gar Lagerteig handelte, schlenderte der Held superlässig durch die Massen und versuchte, den transpirierenden Kellnerinnen aus dem Weg zu gehen. Am Objekt der allgemeinen und auch der eigenen Begierde angekommen sprach ihn jemand von der Seite an.

„Ihr Auftritt!"

Supernulf musterte die überraschend hübsche Kellnerin und versuchte drei Dinge klar voneinander zu trennen. Die beiden imponierenden Brüste, die er mit Begeisterung betrachtete, und das Dirndl, das er mit anschwillender Halsschlagader verachtete. Er bemächtigte sich des Mikrophons und bedankte sich mit „Vielen Dank holde Maid, für das Bier wird's jetzt Zeit", strich seinen geschniegelten schwarzen Anzug glatt und wandte sich seinem Publikum zu.

„Hey Babes", setzte der Held seine Rede an. Das Geschrei weiblicher Fans übertönte alles Weitere. „Ausziehen, ausziehen!", grölte es ihm entgegen. Supernulf, froh, dass jemand seine Meinung teilte, zerrte an den Schnüren des verhassten Dirndls und starrte im Testosteronrausch auf die darunter verborgene Berglandschaft.

„Super, aus dem Herzen der Natur!", prollte er fassungslos durchs Mikrophon, als ihm klar wurde, dass just in diesem Moment seine geheime Identität als wahrhaftiger Werbe-Fuzzi aufzufliegen drohte. Noch bevor er die nahende Gefahr abwenden konnte, erledigte das ein erster heftiger Hieb in die Magengrube. Er ging schwer atmend zu Boden, als die ersten Gegenstände der Begeisterung aber auch der Missgunst auf die Bühne flogen. Verschwommen nahm er die volle Bierdose wahr, die sein schmerzverzerrtes Gesicht knapp verfehlt hatte und beachtete die volle Unterbuxe nicht weiter, die ihr gefolgt war.

Supernulf betrachtete das sympathische Rund des Weißblechs, spürte wie das Feuer des Lebens wieder in ihm aufloderte, ergriff das Wurfgeschoss und sprang auf. Stille füllte schlagartig den Saal. Man hätte einen Sixpack fallen hören können, als er die Hand hoch über den Kopf hob und sein Daumen die Dose ihrer Jungfräulichkeit beraubte. Gefühlvoll und zielstrebig zugleich bohrte er sich in den unteren Rand der Dose. Er hob das Loch an den Mund.

Ein Riss an der Öffnungslasche.

Ein Zug.

Ein Rülps.

Ein Begeisterungssturm.

„Entschuldigung schöne Frau", blökte er ins Sprachrohr der Feierlichkeit und warf dabei als Reminiszenz an sein Idol Lemmy den Kopf in den Nacken, „Dirndl hin, Rüschen her, Diese Aussicht schreit nach mehr. Wiesenkönigin möchte ich sie nennen! …" ‚Und am liebsten gleich mit Ihnen pennen', beendete er den Satz für sich. Man muss aufhören, wenn es am schönsten ist – das hatte er in seiner langen Laufbahn als Frauenversteher gelernt.

Das eigentliche Anstechen des Fasses ging im allgemeinen Jubel der Zustimmung unter. Wieder einmal wurde Supernulf klar, dass er heldenhafte Sympathien besaß, die ins Zeitgeschehen passten.

Er taumelte ins Freie.

„Wie um alles in der Welt war er nur hierhergekommen", fragte sich der Held.

„Wer?", erwiderte einer der Besucher.

Supernulf achtete nicht darauf, sondern vielmehr auf seine Magengegend, deren Schmerzen sein nach wie vor irritiertes Verhältnis zum vermeintlich starken Geschlecht untermauerten – den Kellnerinnen.

EPISODE 8

SUPERNULF
UND DIE SCHRECKSCHRAUBE

Er musste blinzeln. Die Sonne erhob ihr strahlendes Antlitz am Horizont und schien ihm ins Gesicht. Superscharfsinnig kombinierte er, dass sie die Ursache dafür sein musste, dass er blinzelte.

‚Wie auch immer', dachte er, während seine Augenlider fertig blinzelten und er sich erhob. „An die Arbeit", wies er sein imaginäres Dienstpersonal an und wusste im selben Atemzug schon, dass wieder einmal alles an ihm hängen bleiben würde.

Es war Samstag und Supernulf hatte sich vorgenommen, ein guter Held zu sein, indem er dazu anhob, seinen Wagen zu waschen. Schlamm und Algen zeugten von dem lebensgefährlichen Einsatz des vergangenen Abends. Er war zu den Fidschi-Inseln gefahren, um ein gekentertes Schiff in den Hafen von Suvao zu schleppen. Das war einer dieser Zeitpunkte, an denen er froh war, sich seinerzeit für einen Turbodiesel entschieden zu haben.

Ein guter Tag begann für Supernulf stets mit einem ausgedehnten Frühstück. Er öffnete die Haustür und sein Blick erhellte sich. Der Sixpack auf dem Treppenabsatz verriet ihm, dass sich der Milchmann seine Instruktionen zu Herzen genommen hatte. Schnell zerrte er den Proviant hinein – das Gerede der Nachbarn konnte recht unangenehm sein. Obwohl, was war schon dabei, wenn er morgens ausnahmsweise einmal alkoholfreies Bier zu sich nahm?

Nach dem Frühstück warf er sich rasch seine superschwarze Arbeitsmontur über und parkte seinen Schlitten im sonnendurchfluteten Vorhof spitzenmäßig ein, als er sich wunderte, wie schwierig doch das Wörtchen „durchflutete" zu schreiben war.

„Aaaaah, der Herr Nulf", tönte es aus dem ersten Stock.

„Morgen Frau Gallich! Ich hoffe Sie haben eine angenehme Nachtruhe verbracht", flötete er zurück. Frauen stehen auf so was, wie er glaubte. Zumindest ältere.

„Wie lange gedenken sie dort zu stehen junger Mann? Sie wissen ja, dass sie keinen Parkausweis haben?", krächzte sie unvermittelt weiter. Dem Held schoss das Blut in die Faust. ‚Du wirst es nicht mehr erleben, dass ich wegfahre, alte Schreckschraube!', ging es ihm durch den Kopf und „Nur einen kurzen Moment Frau Gallich" über seine Lippen.

Supernulf verschwand für einen kurzen Augenblick im Haus und kehrte eine Minute später mit zwei Dosen Bier in der Hand zurück.

„Sie sind auch mal wieder dran, die Straße zu kehren, Herr Nulf. Ob sie wohl dran denken?", schrie es ihm entgegen.

„Aber selbstverständlich", antwortete der Held widerwillig.

„Nana, so selbstverständlich ist das bei Ihnen nicht. Ach ja, und trennen sie bitte ihren Müll etwas sorgfältiger. Ich habe neulich wieder Dosen unter ihren Sachen gefunden." Nun erhöhte der Blutdruck auch die Frequenz in seinen Hauptschlagadern. Er erhob eine der beiden Dosen, um einen Beruhigungsschluck zu nehmen.

„Wie lange dauert das denn noch?", erwischte sie ihn erneut. Er durchbrach das Blech und – wich superüberrascht zurück, als das kühle Nass durch die Öffnung spritzte, dass es nur so eine Verschwendung war.

‚Das haben wir in der Form noch nicht gehabt', dachte er erstaunt und hielt das unkontrollierbare Geschoss von seinem Zwirn fern. Die kostbare Ressource ergoss sich über sein Auto und riss auf ihrem Weg in den Gulli sämtlichen Dreck im Rinnstein mit sich.

Als Supernulf die Situation wieder unter Kontrolle hatte, durchlöcherte er mit der freien Hand superlässig die zweite Dose, fasste sie am Kopfende, setzte das Loch an, entriss ihr die Lasche und nahm den wohlverdienten Schluck. Nachdem so beide Nullfünfer, wie er sein Leibgericht nannte, geleert waren, schaute er sich um. Auto und Rinnstein glänzten in der Sonne, sodass er unweigerlich blinzeln musste, was er auf die Sonneneinstrahlung zurückführte.

„Porentief rein", röhrte er mit einem befreienden Rülps zum ersten Stock rauf und merkte, dass er just im Moment seines Triumphs seine geheime Werbeidentität aufs Spiel gesetzt hatte. Das schien die Nachbarin jedoch glücklicherweise nicht nur wenig zu beeindrucken, sie schien es auch ebenso wenig zu bemerken. Sie hatte besseres zu tun.

„Das...unerhört!", brüllte sie, „Also...ich werde die Polizei rufen, jawohl...ich...Ruhestörung...iwo...grober Unfug...sauber ist es ja...ach was sag ich, einsperren, alles Verbrecher...!"

Supernulf überhörte die Begeisterungsstürme und schlenderte mit dem Wissen ins Haus, wieder einmal das Böse vom Guten in dieser Welt überzeugt zu haben. „Was für ein Tag – Zeit für ein zweites Frühstück", murmelte er, „Prost!"

SUPERNULF
UND DRAUFGÄNGER-DEPP

Ein Blick auf die Uhr. Es war spät. Supernulf stand vor seinem Kleiderschrank und staunte auf seine Armani-Kollektion. Welchen sollte er tragen? Und obwohl sie alle gleichermaßen schwarz waren, griff er zum dritten von rechts. Etwas Gel, die Autoschlüssel, Geld – hatte er alles bei sich? Und wenn, hatte er es auch in der richtigen Reihenfolge?

Wie auch immer, es war Freitagabend und nachdem er nachmittags noch rasch einen entgleisten Güterzug wieder auf die Schiene gesetzt und im selben Atemzug die entgleisten Gesichtszüge des Lokomotivführer-Auszubildenden geradegerückt hatte, war es Zeit sich zu entspannen. Locomotive Breath pfeifend verließ er froh gestimmt das Haus – er fühlte sich super.

Wenige Minuten später parketierte er sich vor seiner Lieblingsdisco ein. Seine Motörhead-Sammlung hatte er zu Haus gelassen – richtig gute Musik stößt in der breiten Öffentlichkeit meist auf Unverständnis. Und auch im nüchternen Zustand würde sie ihr nur

Ablehnung entgegenbringen. Das hatte ihn die Vergangenheit gelehrt. So ließ sich der Held bestens gerüstet für die Pirsch zu einem gemütlichen Bierchen an der Bar nieder, um superlässig zu wirken und supergut auszusehen.

Spontan blinzelte er das Superweibchen neben ihm an, das sich sogleich angewidert abwandte. Das musste an seinem superscharfen Blick liegen, wie er vermutete. Oder Anblick. Wie auch immer. ‚Frauen stehen auf sowas', fügte er in Gedanken an und drehte sich wieder um.

"Einen schönen guten Abend", grüßte er den jungen Mann mit dem Oberlippenbart und dem Kurzhaarschnitt, der ihn aus ein paar Metern Entfernung kritisch musterte.

„Hast du misch angepackt, oder was?", pöbelte der unvermittelt zurück, während Supernulf noch überlegte, ob diese lächerliche Gestalt schon ein echter Draufgänger war oder vielmehr gleich draufging. Jedenfalls schien er die Konversation zu suchen.

„Bitte?", fragte Supernulf höflich.

„Du hast schon richtig gehört. Hast du ein Problem, oder was?" Der Proll stand auf und ging auf den Helden zu, der gelangweilt gähnte. „Was ist dein Problem Alter, hä?", wiederholte der Knarf sich.

Supernulf verabscheute Gewalt. Wenn er auch häufig vor sich hin prollte, so konnte er doch keiner Fliege etwas zuleide tun. Nicht einmal das Schütteln einer

Fliege in der geschlossenen Faust mit anschließender Beobachtung ihres torkelnden Ganges bereitete ihm Vergnügen. Es gehörte schon ein leerer Aschenbecher dazu, den man anschließend über sie stülpte und Wetten annahm, aus welchem Loch sie wohl torkeln würde. Nein, sein Status als heldenhafte Zeitgeschehen-Sympathiefigur erforderte eine diplomatische Lösung des Konflikts.

„Bevor der Typ mich völlig schafft, reiche er mir Gerstensaft", wandte er sich an den Barkeeper und begann spontan *Keeper of the seven keys* zu summen, um ein wenig in Fahrt zu kommen. Der Draufgänger schubste Supernulf zur Seite.

„Was soll das Alter, hast mich voll angerempelt", pöbelte er sein Opfer erneut rüde an. Supernulf ergriff die Dose, die ihm der Barmann reichte.

„Weckt den Tiger in dir!", drohte er dem superpeinlichen Draufgänger, als er wieder einmal zu spät bemerkte, dass seine Werber-Identität dabei war aufzufliegen.

„Jetzt hab' ich die Schnauze aber gestrichen voll, verstehste?!" Die Situation spitzte sich zu – der Held spitze seinen Daumen. Plötzlich ging alles sehr schnell: Er rammte den Finger ins Blech und brachte ihm so eine beachtliche Öffnung bei. Er hob an, riss die Lasche ab und stürzte das Grundnahrungsmittel binnen weniger Sekunden den Rachen hinab.

„Boooaaaah ...", setzte der Draufgänger an.

„Verpiss dich!", rülpste es ihm entgegen, dass sein Pornobalken über der Oberlippe leicht im Wind flatterte. Der Draufgänger starrte den Helden fassungslos an. Applaus erfüllte den Saal. Der Abend war gerettet. Und nun war ein für alle Mal bewiesen, dass Reden weiterbringt, als Schlagen. Wenn man gute Argumente hat.

Ein Blick auf die Uhr. Es war spät. Zeit für den Helden, nach einem weiteren Bierchen das Tanzbein zu schwingen. Die Frage war nur, wessen.

EPISODE 10

SUPERNULF

UND DER WURST-WAHN

Er hatte schon davon gehört, dass so etwas existieren sollte. Erforscht hatte er dieses Phänomen jedoch noch nie und so hatte Supernulf noch keine Ahnung, welche Abenteuer er bestehen musste, um auf etwas zu stoßen, was seinen Horizont um ein Vielfaches erweitern sollte. Doch eines nach dem anderen.

22,5 Stunden zuvor hatte er einen Pfeiler der Golden Gate Bridge abgestützt und das Bauwerk damit vor dem Einsturz bewahrt. Nun verlangte der Körper die verbrauchte Energie zurück.

Supernulf unterwarf sich der erforderlichen Geduld, indem er sich am Ende der Schlange an der Fleischtheke anstellte. Während zahlreiche Schweinebäuche und Lamm-koteletts über die Theke gingen, fielen dem Helden gleich mehrere Dinge auf:

Der Metzger musste seinen Job lieben, er hatte tierische Wurstfinger. Er war außerdem schlecht rasiert.

Und bei genauerem Betrachten war es gar kein Metzger, sondern eine Metzgerin.

Ein zähes „Uuund, was wollen Sieee?" kündigte an, dass er offensichtlich an der Reihe war. Superschnell sortierte er seine Gedanken:

Was wollte er hier? Wonach gelüstete es einen modernen Helden? Powerdrinks, Powerriegel oder Power Rangers? Er beschloss, mit der zweiten Frage weiterzuarbeiten:

„Sagen Sie junge Frau, haben Sie was zum Grillen?"

„Thüringer, Frankfurter, Nürnberger...?", erwiderte die Frau widerwillig.

„Nein, Fleisch meine ich", versuchte der Held seinen Wunsch zu konkretisieren.

„Wollen Sie mich verarschen?", kam es plump zurück.

„Ok, ok, was passt denn zu Kartoffelsalat?"

„Fleischwurst", kaute sie ihn gelangweilt an.

„Tja, Fleisch oder Wurst?", fragte sich Supernulf unentschlossen und beobachtete, wie sie an ihren verranzten Nägeln kaute. Der Hunger ließ trotz allem nicht nach. „Haben Sie eine besonders gute Wurst?", begann er die Konversation von neuem.

„Ja."

„Hm. Und welche ist das?"

„Nussschinken." Diese Schweinshaxe im Metzgerkittel begann zu nerven.

„Welche Nüsse sind denn da drin?", fragte er in der Hoffnung auf Macadamia Nuts, honey roasted.

„Keine", war die enttäuschende Antwort. „Wie wär's mit Teewurst", führte sie ihre Warenpräsentation fort. Der Held wurde sauer. Er kombinierte nicht nur superscharfsinnig, dass in dieser ominösen Wurst gar kein Tee enthalten war. Nein er kombinierte auch seinen Stolz mit einer tiefgehenden Verletzung desselben.

„Hören Sie junge Dame, Sie beleidigten mich gerade. Tee ist was für lasche Pfeifen, der Held wird stets zum Bierchen greifen", reimte er sich seinen Frust vom hungrigen Leib.

„Wir haben noch Bierschinken."

Stille.

„Sie haben, *Bier*schinken?", seine Begeisterung schlug Kapriolen, ohne zu wissen, wie man dieses Wort korrekt buchstabierte. Der Ärger war verflogen. Wurst mit Bier, welch herrliche Kombination.

„Drei Pfund Warsteiner-Schinken!", stieß er fast lautlos vor Glück hervor und ergänzte professionell, „Warsteiner, die Königin unter den Schinken!" Die Bedienung schielte verwirrt über den fettigen Tresen.

„Hä?"

Ihm ging ein Licht auf. Zum einen hatte er soeben seine geheime wahre Identität als genervter Werber aufs Spiel gesetzt. Zum anderen, und das war viel gravierender, wurde diese Wurst womöglich mit alkoholfreiem oder gar Malzbier hergestellt. Er wagte nicht, sich weitere Optionen auszumalen, Handeln war angesagt. Und er sowieso. Der Held griff in seine Tasche und beförderte eine seiner Lieblings-Null-Fünfer ans Supermarktlicht. Während die Bedienung ein paar Wurstreste zusammenkehrte und in der Auslage verteilte, hieb er ein großes Loch in die Außenhülle und stürzte sein Ersatz-Valium schwungvoll den Rachen hinab. Ein super komponierter Rülps ließ die Umstehenden verstummen.

„Nussschinken ohne Nüsse, Teewurst ohne Tee, Bierschinken ohne Bier, ich werde Sie wegen Irreführung drankriegen!", bölkte der Held. Die Reaktionen waren geteilt. Während ein Teil der Augenzeugen applaudierte, schleifte der Marktleiter Supernulf vor die Tür. Was der andere Teil der Umstehenden machte, blieb somit im Ungewissen.

„Seien Sie froh, dass ich nicht nach Walnüssen gefragt habe", rief er dem Wicht im weißen Kittel hinterher.

Supernulf spürte, dass sich an diesem Tag sein Horizont entscheidend erweitert hatte: nicht überall wo Bier drauf steht ist auch Bier drin.

EPISODE 11

SUPERNULF

UND DER KINO-CHAOT

„Das gibt's doch gar nicht", dachte er. Es gab einfach Tage, die konnte es gar nicht geben. Dank seiner Gabe, nicht so leicht aufzugeben, gab er nicht so leicht auf. Doch obwohl er mit Hingabe nach Auswegen suchte, schien es keinen solchen zu geben. Das Fernsehprogramm gab einfach nichts her und so ergab er sich schließlich in sein Schicksal und startete eine seiner Lieblings-DVDs.

Geschwächt vom Auffangen einer abstürzenden Passagiermaschine lud ihn sein ausladendes Sofa ein, etwas zu ruhen. Just in dem Moment, als er sein Abendessen angerichtet hatte, stellte Supernulf enttäuscht fest, dass er Natürlich geborene Killer *schon zwölf Dutzend Mal gesehen hatte. Folglich stellte er sein Bier zur Seite, schaltete die Tragikomödie ab und warf den zwölften von links der 150 identisch schwarzen Armani-Anzüge über seinen gestählten Körper. Ein Kinobesuch sollte den Abend retten.*

Zwölf Minuten später erhaschte der Held eine der letzten Karten für den Sci-Fi-Spaß *Star Ship Troopers*. Der

Vorhang schwang auf und der Abend begann damit, als gerettet durchzugehen. Gerade als er sein Bierchen anstechen wollte, dass er selbstverständlich ganz legal mit einem schwungvoll zusammengereimten „Wenn Raumschiffe über die Leinwand tosen, trinkt man besser Bier aus Dosen" im Foyer erworben hatte, rülpste ihm ein Superrüpel von hinten in den Nacken. Supernulf stöhnte genervt, wenngleich er sich eingestehen musste, dass die Ausführung passabel war. Er hob erneut an, als der Rüpel begann, sein Popcorn zu durchforsten.

„Schschscht", entfuhr es dem Helden, der supersauer wurde, als sein Hintermann dazu ansetzte, einzelne Filmsequenzen zu kommentieren.

„Hou Mann, jetzt sieh sich einer diesen Trottel an. Monster kommen grundsätzlich von hinten", fuhr der Rüpel in dem Moment hoch, als Supernulf versuchte, die widrigen Umstände zu ignorieren und sich erneut daran machte, sein Bierchen zu öffnen. Er blickte seufzend auf seine Dose.

„Jaaa, kill die Sau, du Bappsack", schrie sein Hintermann, von dem er noch überlegte, ob er überhaupt ein Hintermann war, oder vielmehr ein Hinterwäldler. Moment! Die Sau? So sprach niemand über seine Dose.

„Los, fackel nicht lange", prollte der Störenfried weiter.

Das ließ sich Supernulf nicht zweimal sagen. Er sprang auf, hielt dem Chaot die Dose vor die Nase, hieb zornentbrannt ein gewaltiges Loch ins heilge Blechle und verschlang sein Beruhigungselixier.

„Kino ist das Größte...", zitierte er versehentlich, als er bemerkte, dass er seine Werbeheini-Identität mal wieder waghalsig aufs Spiel gesetzt hatte.

„Also Schnauze!", wandte er sich an den Chaot und sich selbst aus der prekären Lage. Außer sich vor Wut suchte er nach einem Weg, seine emotionale Schieflage auszugleichen, seinen Zorn ordnungsgemäß zu kanalisieren, und fand ihn, als er den Schädel dieses Kino-Chaoten in der Popcorntüte versenkte.

Applaus bestätigte seine Ausnahmestellung als wahre heldenhafte Zeitgeschehen Sympathiefigur und täuschte darüber hinweg, dass sein Heldenaufstand den Höhepunkt des Films übertönt hatte. Zumindest so lange, bis die ersten Kinobesucher merkten, dass sie die Pointe des Films verpasst hatten. Die Meute schubste den tragischen Helden nach draußen. Supernulf floh unter dem Hagel aus Popcorn und nicht immer geleerten Getränkedosen.

Während er so unter den zur Erhellung der Nacht entflammten Straßenlaternen entlang floh, fühlte er inneren Frieden und dachte nur: ‚Das gibt's doch gar nicht...'

SUPERNULF
UND DAS AUTO-ADRENALIN

Es war mal wieder so weit. Wie weit würde er das wohl noch treiben wollen? Supernulf rutschte nervös auf seinem Bürostuhl hin und her. Er schaltete seine Lieblingsfunktion Dauerfeuer ein und versetzte dem Monster auf dem Monitor einen weiteren Stoß.

„Super! Weiter so!", lobte er sich.

Es war 21:30 Uhr. Der Held inkognito hatte einen superharten Bürotag hinter sich, nachdem er sämtliche Kollegen von einem wahnsinnig unerwarteten Rechner-absturz bewahrt hatte. Nun suchte er ein wenig Entspannung beim Computerspiel, als urplötzlich und mindestens ebenso urgewaltig ein Mutant von hinten auf ihn sprang und mit seinem gelben Ätzschleim das Game Over einleitete.

„Superätzend", seufzte der Held, verließ sein Büro und fuhr gelassen mit 180 km/h auf die Autobahn. Er liebte das, was er Auto-Rausch nannte. Dafür drehte er das Ozzy-Tape noch etwas lauter und schwebte förmlich über den fast fertigen Asphalt der Baustelle, als kurz vor ihm wieder einmal urplötzlich so ein Sportwagen-Prolet ausscherte, um einen LKW gemächlich mit 110 Sachen zu überholen. Während der Held noch hoffte, dass sein Vordermann nichts von all den Sachen unterwegs verliere, stiefelte er voll auf die Bremse. Er glaubte sogar ein Quietschen der Reifen vernommen zu haben und war nicht zu Unrecht stolz.

Ca. 15 Minuten später, als der Prolet wieder vor dem LKW einscherte, gab Supernulf Gas. Im selben Moment beschleunigte der Sportwagenlenker. Die Baustelle war zu Ende. Der Held schob die Unfähigkeit seines feuerroten Astras, den schäbigen Porsche einzuholen, auf die Strapazen der vergangenen Tage. Sein treuer Weggefährte war schlicht und ergreifend supererschöpft. Sein Hals begann anzuschwellen, als er das Ärgernis aus den Augen verlor.

An der nächsten Raststätte fuhr Supernulf ab. Sein Wagen hatte Durst. Bleifrei. Er auch. Alkoholfrei. Sauer, dass sich der erhoffte Auto-Adrenalinschub noch nicht eingestellt hatte, betrat er den Shop auf der Suche nach entsprechendem Bier. Als er selbigen welchen wieder verließ, erspähten seine superscharfen Adleraugen den Sportwagen an Säule sieben. Supernulf schaltete seinen superscharfen Verstand ein.

Als der Besitzer zurückkehrte, stockte dem Helden der Atem. Er hatte den Boss seiner Lieblingsbrauerei schon in den Medien gesehen, in Natura noch nie. Supernulfs supermarkantes Kinn klappte herunter.

„Alles in Ordnung?", fragte der Industrielle.

„Alles super", stammelte der Held verlegen, als ihm einmal mehr klar wurde, dass er im Augenblick dabei war, seine geheime reale Identität als Mann der Werbung preiszugeben. Schnell besann er sich seiner Mission, hob das Bier und setzte zu einem Moralreim an.

„Hören sie guter Mann,

es geht mich ja nichts an,

aber was sie da eben taten,

das war schon recht missraten.

Das geht leicht in die Hose...", lallte der Held, der dieser Situation offenbar völlig hilflos gegenüberstand. Wie sollte er da nur wieder rauskommen?

„...äh...ich brauch erst mal 'ne Dose!" Und so geschah's.

Seinerseits mit offenem Mund beobachtete der Bier-Boss, mit welch Fingerfertigkeit Supernulf das Blech durchtrennte und das kühle Nass binnen weniger Sekunden schwungvoll in sich ergoss.

„Super!", kommentierte der Bierwirt.

„Stimmt", rülpste der Held.

Während sie noch die üblichen Formalitäten bezüglich des Werbevertrags besprachen, dachte der Held so bei sich: ‚Weiter so Junge, du wirst es noch weit bringen...'

SUPERNULF
UND DAS REIBEISEN

Das Ende nahte. Kaum zu glauben, dass es so enden sollte. Aber ‚Lieber ein Schrecken ohne Ende als schrecklich viele Enden oder so‘, dachte er im Stillen und war still. Endlich war ihm klar, dass er selbst dafür verantwortlich war, wie es enden würde. Letztendlich beschloss er, der Sache ein Ende zu setzen. „Einmal Kondome", stammelte der Held endlos verwirrt.

Zwei Dinge empfand Supernulf als so bedeutsam, dass er sie in Gedanken erwähnen musste. Einer heldenhaften Zeitgeschehen-Sympathiefigur entsprechend hatte er 4,5 Minuten zuvor eine eskalierende Flutwelle vor den Toren Dovers gebändigt; es war Zeit zu entspannen; und er hatte genau aus diesem Grund in etwa 47 Minuten eine aufregende Verabredung mit einer aufregenden Dame und sah entsprechend super und aufgeregt aus.

Just in dem Moment als ihm auffiel, dass dies entgegen seiner Behauptung drei bedeutsame Dinge waren, verpasste ihm die Apothekerin die verdiente Retourkutsche.

„Grüne, schwarze oder rote? Hauchdünn oder eher dickhäutig? Mit Noppen oder aalglatt?"

„Einfach eine Packung Kondome", antwortete der Held überfordert. „Reißfest", führe er unsicher hinzu.

Zehn Minuten später war er um drei Erfahrungen reicher: Pro Geschlechtsakt musste er 79 Cent auf den Tisch legen; er war froh, zu Hause zu sein; und in weiteren zehn Minuten kam seine Verabredung.

Supernulf warf sich zunächst unter die Dusche, anschließend in den 74ten seiner 150 schwarzen Armani-Anzüge und letztlich aufs Sofa. Zur Feier des Abends hatte sich der Held zu einer Flasche Rotwein, einigen Kerzen und einem romantischen Film hinreißen lassen. Während er noch überlegte, wie er die Flasche am besten anstechen könnte, klingelte es. Er sprang flink auf und zur Tür.

„Hallo! Ich traue meinen Augen kaum und wäre erfreut, würden Sie herein sich trau'n", reimte er seinen Besuch nicht ganz treffsicher in den Flur. Bierlose Limericks war er nicht gewohnt.

„Hi", erwiderte sie ihm an. Beim tiefen Klang ihrer Stimme zuckte er unwillkürlich zusammen. Doch der tiefe Ausschnitt lenkte seine Gedanken rasch in stimmungsvollere Bahnen.

„Hier", fügte sie harsch hinzu und warf das bisschen Jacke, das sie trug, auf ihn. Er mochte Frauen, die wissen, was sie wollen.

„Äh, danke, kann ich dir – was anbieten?", versuchte er, Atmosphäre zu erzeugen.

„Haste 'n Aschenbecher?", ertönte die Reibeisenstimme im selben Zuge, in dem sie sich eine Zigarette anzündete.

Supernulf war angenervt und abgetörnt. Keine gute Mischung, wie er meinte.

„Ich habe ein paar Canapés vorbereitet", bemühte er sich weiter und überlegte, ob die leckeren Häppchen ihren Namen den Filmfestspielen in Canapé verdankten.

„Schnittchen, wie einfallsreich", mampfte sie mit vollem Mund. Er wusste nicht weshalb, aber irgendwie vermochte es die Reibeisenstimme, sein ohnehin schon irritiertes Verhältnis zu Frauen noch weiter zu steigern.

Supernulf startete einen neuen Versuch und köpfte den Rotwein. Als er die Scherben beiseite geräumt hatte, setzte er zu einem Toast an.

„Wenn einem so viel Gutes widerfährt…" Die Erkenntnis, dass er gerade seine geheime reale Werber-Identität aufs Spiel setzte, ließ ihn innehalten. Er legte den Toast wieder zu den anderen Häppchen und überlegte.

„Jetzt schwätz net lang, kommen wir zur Sache", unterbrach das Reibeisen seine Gedanken und zog die schweren Stiefel aus.

„Super!", zeterte der Held los, „Da gibt man sich einmal Mühe…" Ein Griff zum Kühlschrank und er hielt ihr ein Bier unter die Nase, rammte seinen Daumen ins Gehäuse und setzte an. Er warf das leere Weißblech zur Seite und das Reibeisen aus seiner Wohnung.

„Tschö mit Ööööö!", rülpste er ihr in wieder-gewonnener Souveränität hinterher.

Supernulf warf sich das zweite Mal an diesem Abend auf sein Sofa und schaltete den Romantikstreifen *Vom Winde verweht** ein.

„Happy End, wie im Film, super!", freute er sich.

*Originaltitel „Twister"

EPISODE 14

SUPERNULF
UND DIE LABERTASCHEN

Er war das Flackern gewohnt. Trotz allem versuchte die Situation ihm vorzugaukeln, dass sie entgegen seiner Gewohnheit etwas Besonderes sei. Und er musste gestehen, dass das auch alles ein wenig ungewöhnlich war. Für gewöhnlich gewöhnten sich seine superscharfen Augen schnell an wechselnde Lichtverhältnisse. So, wie in der Tropfsteinhöhle, deren Einsturz er verhindern konnte, nachdem er ihn durch ein kleines, aber meisterliches Bäuerchen selbst provoziert hatte. Doch dieses Geflacker war zum Abgewöhnen.

Supernulf riss sich zusammen, marschierte durch das Blitzlichtgewitter der Fotografen und betrat das Fernsehstudio. Nach seiner Heldentat wurde er spontan zu einer Talkrunde zum Thema *Ich bin super* eingeladen.

In der Maske entspannten sich seine Sorgen und Vorurteile gegenüber Talkrunden und überließen Stolz und Vorfreude das Feld. Entsprechend stolz und vorgefreut betrat er das Studio. Und während er beim

Anblick der Assistentin noch überlegte, ob er nicht vorgefreut sondern viel mehr freudig erregt war, wurde er schon dem Publikum vorgestellt.

„Begrüßen Sie nun den Mann, der sich selbst und sogar Dosenbier super findet. Hier ist Supernuuulf!"

‚Exakt', dachte der Held und setzte sich unter tosendem Applaus neben Ralf, der von sich selbst behauptete, die rechte Hand der Gerechtigkeit zu sein.

Der Moderator, ein adretter, profilloser Lieblingsschwiegersohn mit minimal verwegener Frisur, eröffnete die Diskussion: „So Ralf, du bist also die rechte Hand der Gerechtigkeit. Was müssen wir uns denn darunter vorstellen?"

„Die hier", verschluckte sich Supernulfs Nachbar mehr, als dass er antwortete, und erhob die Faust.

„Und die sorgt also für Gerechtigkeit", drang der Moderator tiefer in Ralfs Psyche ein.

„Genau."

„Und wie sieht das aus?"

„Ganz einfach: Zack, zack! Peng, peng!", demonstrierte Ralf seine handliche Schlagfertigkeit und ballte die Faust. Supernulf war erheitert über die Peinlichkeit seines Nachbarn und die Gabe des Moderators, wirklich das *Allerletzte* aus seinen Gästen herauszukitzeln. Und während er stolz war, zur selben Zeit über zwei Dinge nachdenken und eine Doppeldeutigkeit formulieren zu können, holte ihn der Schwiegersohn ins Geschehen zurück.

„Und was macht Sie zum Helden?" Während Supernulf sich noch eine medienadäquate Antwort überlegte, fiel ihm Ralf ins Wort.

„Der und ein Held? Mit dem schwarzen Fummel? Sieht aus wie ein Milchbubi, eine Schwuchtel!" Der Umfang von Supernulfs Halsschlagadern vervielfachte sich schlagartig, als er plötzlich bemerkte warum: Noch nie zuvor hatte es ein Primitivling gewagt, einen seiner 150 Armani-Anzüge derart zu diskreditieren.

„Ich gebe dir gleich Milchbubi", erwiderte der Held mit gedämpfter Stimme, während seine rechte Hand eine Dose Bier zu Tage förderte.

„Ja man", schnauzte Ralf. „Zack, zack! Peng, peng! Das geht ratzfatz!" Wie durch einen Zufall wehrte der Held den Hieb des Kontrahenten ab, als die Hand mit der Dose nach oben schnellte und der Daumen ihr Blechkleid zerriss.

„So wertvoll wie ein kleines Steak", begrüßte er den Energydrink, der kurz darauf binnen Sekunden seine Kehle hinabstürzte und ihn vergessen ließ, dass er leichtsinnig seine geheime reale Werber-Identität der Öffentlichkeit preiszugeben drohte.

„Krass", stieß sein Gegner hervor und lenkte die Aufmerksamkeit damit glücklicherweise wieder auf sich.

„Lecker", rülpste der Held zurück. Er starrte in dem angenehmen Wissen ins Rampenlicht, die Bedeutung einer heldenhafte Zeitgeschehen-Sympathiefigur just in

diesem Moment in den Medien manifestieren zu
können.

"Im Glauben an Gerechtes,

steht dieser Junge hier.

Und will im Grund nichts Schlechtes,

drum gebt ihm erstmal Dosenbier."

Reimte es und überreichte dem völlig verdutzten Ralf
ein Bierchen. Als der zweieinhalb Stunden später in
Schlangenlinien das Studio verließ, war eines klar:
So viel Gutes war ihm noch nie zuvor widerfahren.
Das war er einfach nicht gewohnt.

SUPERNULF
UND DIE TRIPPER-TRUTSCHEN

Es war Zeit zu gehen. Er hatte mal wieder zu viel Zeit damit verbracht, Zeit zu verschwenden. Ihm war klar, dass er zeitig wieder zurück sein musste, um den Director's Cut von Die Zeitmaschine *im Fernsehen anzusehen.*

Noch 46 Minuten zuvor hatte er einen verlorenen Waggon hinter dem ICE 319 hergeschoben, sodass es ihm nach einem durstlöschenden Erfrischungsdrink gelüstete.

Er schlüpfte behände in den 33ten seiner eleganten Auswahl an 150 aufregend schwarzen Armani-Anzügen und schaute flugs auf die Uhr.

„Jetzt wird es aber Zeit", murmelte der Held und warf die Tür in die Wohnung. Manchmal vergaß er seine Superkräfte sowie die Tatsache, dass seine Wohnungstür zwecks Renovierung ausgehängt war. An die Geräusche im Hausflur war er gewöhnt.

„Und? Was macht deine Bandscheibe?"

„Ach, das ist, wie wenn dir einer mit 'nem Bandschleifer 'ne Wirbelsäulenmassage verpasst."

„Bandschleifer, hahaha, und die Bandscheibe, du Ulknudel du. Aber sag mal, der Dr. Siebert, der soll doch so 'ne Magen-Darm-Geschichte haben?!"

„Jaja, will gar nicht wissen, wo er sich die wieder eingefangen hat. Das muss ja sein, wie wenn dir einer mit 'nem Feuerwehrschlauch einen Einlauf macht."

„'N Abend die Damen", unterbrach Supernulf die Fachsimpeleien, als ihm völlig erwartet drei Dinge auffielen: Er hatte schon lange sein Treppenhaus nicht mehr geputzt; die Kittel der beiden Tratschweiber vereinten so viele Farben, dass es ein Augen-Garaus war; und er würde sicher gleich wieder etwas zu hören bekommen.

„Ach schau an, 'n Abend auch. Sie haben lange nicht mehr ihr Treppenhaus geputzt", kam die Bestätigung.

„Sie sehen bezaubernd aus in ihrem neuen Abendkleid, Frau Gammlicher", komplimentierte er den alten Gammelkittel der Nachbarin. „So viele – Farben", suchte er nach einer Begründung für seine Lüge.

„Ach was, Abendkleid, sie alter Schamööör", hörte er sie beim Hinausgehen antworten und war sich sicher, dass sie nicht einmal wusste, wie man Charmör korrekt schreibt. Wie auch immer, es zeigte sich einmal mehr, dass er wusste, worauf es bei Frauen ankommt. Er sollte es aber im Laufe des Abends wieder vergessen und brach erst einmal zum nahegelegenen Supermarkt auf.

Nachdem ihn der Supermarktleiter mit zwei Sixpacks zum wiederholten Male rausgeworfen hatte, weil Supernulf auf die Öffnung einer weiteren Kasse bestanden hatte, schaute der Held auf die Uhr. Es musste eine Stunde vergangen sein. Tatsächlich waren es zwei. Also eilte er nachhause und wollte gerade aus dem Hausflur stürmen, als es ihm aus Selbigem entgegen stürmte.

„Und dann die Migräne! Das ist, wie wenn dir einer mit 'nem Presslufthammer die Gehörgänge reinigt."

„Genau so ist das. Und weißt du was? Der olle Zolewski hat angeblich Ausfluss, der rieeecht. Soll sich wohl 'n Tripper eingefangen haben, sacht die Wellingmeier, und die ist ja befreundet mit der Frau vom Zolewski. Und die soll ja wohl wissen, wovon sie spricht."

Supernulfs Magen drohte zu rebellieren. Der Hals schwoll an. ‚Konnten diese Trutschen nicht einmal über etwas anderes reden, als die Krankheiten Anderer?', dachte er und überlegte, ob die Krankheiten nicht viel mehr die Hausfrauen selbst waren.

„Sagen sie mal, können sie nicht einmal über etwas anderes reden, als die Krankheiten Anderer?", zitierte er seinen Gedanken.

„Nana, putzen sie erst mal ihr Treppenhaus", wies ihn die eine gleich zurecht.

Das war genug. Er entriss dem Sixpack ein Sechstel seines Inhalts, fügte der Außenhaut eine gewaltige

Wunde zu, als wenn ihr jemand bei lebendigem Leibe das Blech über den Aufdruck zog, und verschlang den Inhalt.

„Als wenn einen jemand vor dem sicheren Austrocknen bewahrt!", rülpste er der Frau ins Gesicht.

„Jaja, immer den Helden markieren", lächelte diese abwertend, ohne zu wissen, wie recht sie damit hatte, und verschwand mit einem „Mach's gut Elvira" in ihrer Wohnung.

Stolz, dass sich die versammelte Nachbarschaft offenbar über die Bedeutung einer mutigen heldenhaften Zeitgeschehen-Sympathiefigur bewusst geworden waren, ließ sich der Held aufs Sofa fallen. Seine Zeit war gekommen. Zeit für zeitlosen Fernsehgenuss.

SUPERNULF
UND DIE HOCHWASSER-HÖHE

Allerhöchste Zeit. Er beeilte sich und stolperte in einen offenen Kanaldeckel. Während er nach unten fiel, überlegte er noch, ob ein Deckel tatsächlich offen sein konnte, oder ob es nicht vielmehr die Straße war, die der entfernte Deckel offen hinterlassen hatte. Gerade wollte er ein Hoch auf seine Gedankenwelt aussprechen, als er erschrocken hochfuhr. Der Wecker hatte ihn aus seinem hoch heiligen Schlaf gerissen.

„Puh, nur ein Traum", seufzte der Held, „wie in einer schlechten Geschichte." Er stand auf und legte sich in hohem Bogen wieder hin.

„Verflucht!", verfluchte er das Hochbett, dass er überstürzt verlassen hatte.

Nach einer hoch motivierten Morgentoilette fühlte er sich besser. Sein Darm ebenfalls. Nun war es aber höchste Zeit.

Es musste an der letzten Nacht gelegen haben. Denn in der hatte Supernulf super hoch konzentriert mit einem Unwetter gewettert. Vis-a-vis mit dem Auge des Orkans hatte er demselben eine Augenklappe verpasst und somit aus dem Wirbelsturm einen *Wirr*belsturm gemacht. Die Rechnung ging auf: Er raste mit 180 durch eine Radarfalle und wurde kurze Zeit später gestellt. Und für den Helden war Ruhe angesagt.

‚Ein bisschen verschlafen, naja, das kann schon mal vorkommen', dachte er still auf dem Fußweg zum Büro, als er plötzlich etwas bemerkte. Etwas, das inmitten des Großstadttrubels offenbar niemanden sonst aus der Fassung brachte. Sein geschultes Auge wandte sich keineswegs vom Elend dieser Welt ab. Vielmehr gab es Signal, dagegen vorzugehen. Also ging der Held noch etwas vor. Es war wirklich kaum zu fassen, was er sah: Hochwasser. Dennoch fasste er sich ein Herz und dem Kerl vor ihm in den Schritt. Auf Knöchelhöhe. Damit war Supernulf dem Übeltäter wortwörtlich auf den Fersen. Den Sturz hatte er einkalkuliert. Galant und im Sinne der eigenen Unversehrtheit warf er sich beim Fall auf seinen Kontrahenten.

„He! Was soll das?", rief der andere erbost und warf die Figur, die da auf seinem breiten Kreuz kauerte, behände ab.

‚So kräftig hatte der Hansel in seinem Business-Frack gar nicht ausgesehen', dachte der Held und wandte sich nun mit lauter Stimme an sein Gegenüber:

„Verzeiht, aber ich musste Ihnen die Beine langziehen." Eine dramatische Pause sollte dramatisch wirken. „Die Hosenbeine, nicht die Hammelbeine", ergänzte er gewitzt. ‚Klang irgendwie bescheuert', dachte er geschwitzt, als er gewahr wurde, wie sich der andere aufplusterte.

„Ich glaub es hackt", rief der und warf nun einen beeindruckenden Schatten auf Supernulf. Der warf ihn lässig ab und während er versuchte, sich nicht verunsichern zu lassen, sorgte er sich doch ein wenig ob der immer größer werdenden Statue. Haltung bewahren war nun oberstes Gebot.

„Ihre Buxe hat Hochwasser, junger Mann. Das ist die Höhe und gegenüber der Öffentlichkeit nicht zumutbar", klärte der Held die kleine Menschentraube auf, die sich angesammelt hatte. Und während er noch darüber grübelte, was Menschen mit Trauben gemein hatten, hatte sich der Kerl nun vollends vor ihm aufgebaut. Er stand direkt vor ihm. Eher über ihm. Höchste Zeit, handgreiflich zu werden. So griff seine heldenhafte Hand zur allseits bereiten Reservedose. Schon perforierte sein Daumennagel erzürnt die Wandmalerei des Weißblechs, als der andere die Fäuste hob. Eile war geboten.

Mit der einen Hand beendete Supernulf die Bohrung am Loch, während er die andere nach dem Jackett des Business-Grobians ausstreckte. Er bekam den Ärmelkanal zu fassen und freute sich ob der kleinen Wortspielerei am Rande, als er seinen Gegner scharf heranzog. Demonstrativ hielt er ihm die Dose vor die Nase und noch ehe der etwas sagen konnte, prollte er ihn in vollem Bewusstsein einer drohenden Geheim-Identitätskrise an: „Seperates the boys from the men!"

Erschrocken fuhr er hoch. Unscharfe Erinnerungen an ein abscheuliches Hochwasser und an den Ärmelkanal huschten vorüber. War das alles wahr? Oder nur kein böser Traum?

Supernulf sah seine 21te Lieblings-Armani-Hose in Fetzen an seinen dürren Beinen herab bis auf die Schuhe hängen. Er lächelte.

„Wenigstens kein Hochwasser", stöhnte er. Der Held erhob sich und schritt heldenhaft in den Sonnenuntergang, während er kurz überlegen musste, ob es an seinen geschwollenen Augen oder an der fortgeschrittenen Stunde lag, dass er so rubinrot schimmerte.

SUPERNULF
UND DIE BOMBEN-STIMMUNG

Irgendjemand hatte sie scharf gemacht. Und nun stand sie vor ihm. Schweißperlen tanzten auf seiner Stirn Polonaise. Er fühlte sich, als hätte er zu scharf gegessen. Jetzt bloß nicht den Überblick verlieren. Also stellte er sein Fernglas schärfer. Weit und breit nichts zu sehen, als die Öffentlichkeit und – eine Herde Schafe?!

Wie auch immer, er war also nicht allein. Nun galt es, die Sinne zu schärfen. Er suchte die Erinnerung. Hatte er sie womöglich selbst scharf gemacht? Sie sah bombig aus. Egal. Die Situation musste entschärft werden.

Wenige Momente später: Supernulf wischte sich den Schweiß von der Stirn. Nachdem er die gefährliche Kalorienbombe zum Wohle der Öffentlichkeit entschärft hatte, war Entspannung angesagt. Der Held machte sich auf den Weg, es sollte ein bombforzionöser Nachmittag werden.

Wieder einmal war er durch die Hölle gegangen. Gegen die nervtötende Beratungs-Resistenz der Kunden seines Werbe-Fuzzi-Arbeitgebers war die Kalorien-bombe ein Klacks gewesen. Doch jetzt ließ er dies alles hinter sich. Ebenso das Verkehrschaos, das er beim beherzten Überfahren einer kompletten Ampelanlage verursacht hatte.

Supernulf freute sich darüber, etwas für die Wirtschaft getan zu haben, denn irgendjemand musste diese Ampel wieder aufstellen.

‚Das Verkehrsamt', dachte er bei sich, ,oder gar das Fremdenverkehrsamt?' Amüsiert über sein, wenn auch mittelmäßiges, so doch immerhin eigenes Wortspiel, parkte er seinen ebenso mittelmäßigen Mittelklasse-wagen mittelprächtig ein.

„Ab durch die Mitte", prollte er sich supererfreut an der Schlange vorbei. An manchen Tagen genoss der Held seinen privilegierten Stand und trug ihn ungehemmt zur Schau. So zückte er auch an diesem späten, heißen Nachmittag seine Dauerkarte für das Freibad und schleuderte sich selbst schwungvoll durch das Schwungkreuz. Das Rasenstück, auf dem er landete, gefiel ihm recht gut. Wahnsinns Blick auf den Pool. Und auf eine kleine Bergkette direkt vor ihm.

Während Supernulf noch überlegte, wie es wohl sein konnte, dass diese sich plötzlich bewegte, gab ihm der Inhaber der kleinen Bergkette mit imposantem Muskelspiel zu verstehen, dass er sich schleunigst verpissen solle.

„Runter von meinem Handtuch du Penner!", raunzte der Muskelprotz den Helden an.

‚Warts nur ab', dachte Supernulf harsch zurück und verpisste sich auf der Toilette. Aus dem Alter, in dem man im Wasser Wasser ließ, war er raus.

Erleichtert dekorierte der Held einen anderen freien Flecken Rasen mit seinem Superman-Handtuch. Mitleidig lächelte er auf den Comichelden hinab.

„Du wirst auch noch ein ganz Großer", heiterte er ihn auf und legte seinen charmanten Bauch frei. Es war so weit. Der Pool rief. Vielmehr rief ihn das Gekreische einiger hilfloser Jungfrauen, die, am Beckenrand sitzend und die Füße im Chor baumelnd, seinen ritterlichen Instinkt weckten. Gab es da eventuell jemanden zu retten? Der Held spähte um sich. Eigentlich spähte er eher um die Jungfrauen. Und da war er auch schon, der Verursacher des weiblichen Gekreisches. Derselbe, der ihn so unsanft von seinem Platz verwiesen hatte. Fies, wie er seinen muskolösen Körper leider sehr elegant auf das Einmeterbrett schwang und mit einem ebenso eleganten Salto eintauchte. Begleitet von schüchternem Geschnatter. Ekelhaft. Doch Supernulf versuchte sich zu beruhigen.

‚Lass sie doch spielen', dachte er und popelte im Vorbeigehen etwas Fußpilz auf das Handtuch des Muskelmannes.

Plötzlich ereignete sich ein Ereignis, das ihn in Erregung versetzte. Während Supernulf noch dachte, es sei die äußerst barbusige junge Lady neben ihm, wurde ihm schlagartig klar, dass sie es nicht war. Rasch wandte er seinen Blick zum Pool, wo der Affe gerade zu einer Arschbombe ansetzte, die weder sich noch die Umsitzenden gewaschen hatte. Erzürnt erreichte er den Erzfeind erlesener Manieren am Erholungsbecken. Und obwohl Supernulf rasch seine obligatorisch-diplomatische Dose aus der Badehose gezaubert hatte, hoffte er, dass nicht doch eine Beule in seiner Hose zurückblieb. Doch ehe die geradezu grandios barbusige Dame den Sprungturm passiert hatte, war er schon aufgestiegen. Auf den Sprungturm. Er blickte dem Affen, der gerade und zugegebenermaßen recht beeindruckend den Pool verließ, vom Dreier herab scharf in die Augen. Er hob die Dose, sein Daumen tauchte ein, der Inhalt versank in seinem Rachen und ein rollendes „Wahre Schönheit kommt vom Spinnen!" hüllte den Feind in einen leichten Gerste-Nebel. Mit diesem verräterischen Satz auf den Lippen wagte er einen weiteren, weniger anmutigen Satz. Der Held federte explosiv vom Sprungbrett ab und schon konnte er die Welt davon überzeugen, was es hieß, eine Arschbombe zu zünden.

Supernulf rieb sich seinen Kopf. Was genau war geschehen? Er erblickte das Resultat einer mittel-

schweren Sturmflut, die über das Freibad herein-
gebrochen war. Ha! Er hatte den drei Mädels am
Beckenrand gezeigt, dass man sich von so einem
Muskelaffen nicht auf der Nase herumtanzen lassen
muss. Auch wenn man stattdessen an den Haaren durch
das Becken gezogen wird.

„Pah!", lachte er dabei laut auf. Er war in Bomben-
stimmung.

SUPERNULF
UND DIE PAPPNASEN

Er erinnerte sich unscharf daran. An dieses alte Sprichwort: Alte Liebe rostet schlicht. *Also musste es ja mal passieren. Er war vernarrt. Liebevoll glitten seine Hände über die sanften Wölbungen. Was war er doch für ein Narr gewesen. Fünf Jahre hatte er ausgeharrt. Oder sollte er besser sagen: ausgenarrt?! Jede Macke ertragen. Und jede Rückrufaktion. Doch er ließ sich nicht länger zum Narren halten und so hatte er seinen aufs mittlerste beeindruckenden Mittelklassewagen endlich abgestoßen. Nur ein Narr hätte ein schlechtes Gewissen, denn der Neue sah nicht nur blendend aus, er klebte auch noch narrensicher auf dem Asphalt.*

Der Held bog supergalant um die Ecke. Die Straße war noch vom ersten spontanen Sommerregen benetzt und so quietschten die Reifen nicht. Schade eigentlich. Er parkte abgefahren ein und grübelte über die inhaltliche Dissonanz dieser Aussage. Entspannung war nun oberstes Gebot, hatte er doch wenige lange Augenblicke zuvor ein Bleistiftminenfeld in einem

Schreibwarenladen geräumt und auf dem Rückweg noch rasch eine Pasta-Teller-Mine entschärft (aglio e olio). Also mischte sich der Held zur Belohnung mal wieder etwas unter das Volk.

‚Man muss sich ja mal wieder sehen lassen', dachte er und freute sich vor allem, sich selbst in den spiegelnden Schaufensterflächen zu sehen. Doch irgendetwas trübte die scheinbare Idylle. Es waren nicht die Damen, die im Gesicht viel zu dick aufgetragen hatten und gruppendynamisch gackerten. Es waren auch nicht die Herren, deren Witze mit steigender Tageszeit immer flacher wurden und die weniger den alternden Damen als vielmehr deren ebenso alternden Dekolletés tiefgreifende Blicke zuwarfen. Es war auch nicht der Tusch, der regelmäßig daran erinnerte, dass etwas Witziges passiert sein musste.

Nein. Es war alles zusammen. Entsetzen spiegelte sich in Supernulfs Augen. Er war inmitten einer Prunksitzung gelandet.

„Wie bin ich hier nur rein geraten?", seufzte er sich an, als ihm zwei Dinge auffielen: Er war durch die Tür rein geraten; die Situation schien aussichtslos und damit bei weitem gefährlicher als neulich; und er musste etwas unternehmen!

Zwar ließ es die monotone Leier der Reime nur schwer erkennen, doch zwangsläufig würde die Bütten-Pappnase ihre sauber einstudierte Demonstration zwangsverordneter Stand-Up-Witzischkeit beenden.

Supernulf hatte ein…undzwanzig Bier bestellt.

„Ich muss das hiesige Niveau treffen", murmelte er gekonnt während des Schluckens. Nachdem er zunächst das Bier in Schach und schließlich im Bauch hielt, schritt der Held zur Bühne. Ein beschwingter Schubs, und schon war die Pappnase wie prophezeit am Ende ihrer Rede angelangt. Supernulf trat das Podest und buhlte professionell um Aufmerksamkeit:

„Eins, zwei, Test,

mein Gott, was e Fest!"

Tusch. Grölen im Saale.

Er konnte es nicht fassen. Doch wie schmerzfrei man sein kann, sollte er noch früh genug erfahren. Während seine Halsschlagadern zur Freude einiger verkappter Vampire beträchtlich anschwollen, hob der Held die Dose. Er bohrte das Mikro geschwind ins Blech, ein Zisch, ein Schluck – maximal zwei – ein Rülps. Außerdem ein Tusch, Grölen im Saale.

„Schon besser", bedankte sich der Held,

„Ihr wollt noch mehr?

Freilich, bitte sehr:

Bei den Klamodde un' der Schmink,

wird mir klar, weshalb ihr euch betrinkt!"

Es waren entgegen seiner Gewohnheit keine Schlüpfer, die auf die Bühne flogen. Doch auch die Aschenbecher konnte der Held gut gebrauchen und zündete sich gleich eine an.

Sein nächster Versuch brachte die Anwesenden voll in Fahrt:

„Ihr Haufen voller Narrhalesen,

im Duden neulich isch gewesen.

Doch konnt von eusch isch dort nix lesen.

Es euch also eischendlich gar net gibt,

was misch persönlisch arg entzückt!"

Kein Tusch, aber ein Push direkt bis vor die Tür zeugte davon, dass die Botschaft angekommen war.

„Diese Pappnasen", seufzte der Held. Sicher, der kleine Mann von nebenan, als der er unterwegs gewesen war, vermag nichts auszurichten. Doch mit an Sicherheit grenzender Wahrscheinlicht würde RTL2 diesen Vorfall verwursten.

Zufrieden fuhr er Held nach Hause, um sich für den Rest der Karnevalszeit in Narrkose zu versetzen.

EPISODE 19

SUPERNULF
UND DIE BAKSHISH-BANDE

„Hört sich gut an", hatte er gesagt und sich schleunigst in den vorderen Orient begeben. Nachdem man ihn beim Verhör eines Terrorverdächtigen zugehört hatte, wurde er dazu auserkoren, dessen Terror-Stammzelle auszuheben. Er hatte nach erfolgreicher Stammzellenforschung vor Ort die Terrorbande gerade erst mit einer gezielten Wasserbombe aufgelöst und war nun im Begriff, bei einer voll beladenen Shisha eine gehörige Portion Entspannung zu inhalieren. Unwissend, dass ihm auf dem Weg dorthin Hören und Sehen vergehen sollte.

Supernulf atmete zufrieden auf. Die Wasserpfeife, die er sich genehmigen wollte, wartete inmitten des Basars im ältesten Café der Stadt auf ihn. Er mochte den Orient, die Gepflogenheiten, die Gerüche, die Geschäftigkeit – ja, die Kontaktfreude der Menschen im Allgemeinen war geradezu überschwänglich.

„Hello Sir, welcome!", rief ihm einer der Verkaufs-Orientalen lächelnd zu, „German?" Supernulf grinste zurück.

„Erraten", murmelte er.

„Ah! German Nr. 1! Yes, yes. Have a look at my Shop?" Der Held grinste immer noch gut gelaunt.

"La shukran!", verneinte er.

„What are you looking for?", kam es zurück.

"Fahmir Café", gab Supernulf zurück.

„Aaah, nice Cafe! Just this way, only 50 meters!", erklärte der fröhliche Araber und hielt ebenso fröhlich die Hand auf.

Der Held hatte von den Trinkgeld-Gepflogenheiten schon gehört und stöhnte. Für diese ausschweifende Wegbeschreibung Geld geben?

„Bakshish", grinste der Araber mit seinen diversen Zahnlücken und verwies damit auf seinen wohlverdienten Lohn. Der Held drückte ihm 2 Pfund in die Hand und war gerade im Begriff, seine kleine Reisetasche wieder aufzunehmen.

„Hey Sir!" erklang es neben ihm.

‚Ein anderer Einheimischer, dasselbe Gesicht', dachte der Held.

„Heavy luggage", verwies der freundliche Herr und bot somit seine Dienste als Träger so spontan an, dass er die Tasche bereits in der Hand hielt.

„Kein Problem", antwortete der Held, der schon weitaus schwerer Bürden zu tragen hatte, „I can carry it by myself."

„No no, I do it. No costs! No problem." Gesagt, getan. Sein Handgepäckträger marschierte die verbleibenden 50 Meter und stellte die Tasche unversehrt ab.

‚Ist ja alles schön und gut', dachte der Held, als ihm das bekannte Bakshish-Grinsen nebst offener Hand entgegen strahlte.

„Wofür?", rief er. „Für 500gr Gepäck, die 50 Meter weit getragen wurden? Ungefragt?"

Der Araber grinste. „Bakshish sir? Thank you!", rief er und steckte rasch das Pfund ein, das ihm der Held vor die Nase hielt.

„So viel zum Thema geschäftstüchtig", grummelte der. Doch nun war Entspannung angesagt.

Eine eisgekühlte Cola und die Shisha waren bald serviert und er nahm einen tiefen Zug aus beidem.

„Need a taxi?", erklang es neben ihm. Er winkte ab. Ein weiterer Zug. Die Pfeife zog rein, so viel war klar, er konnte bereits ein Kribbeln an den Füßen spüren. Als er die verträumten Augen aufschlug bemerkte er, dass dieses Gefühl wohl eher von dem Schuhputzer herrührte, der sich an seinen verstaubten Lloyds zu schaffen machte. Supernulf räusperte sich und zupfte verlegen am Revers seines luftigen Armani-Reise-Jacketts. Ein Junge grinste ihn freundlich an.

„Nice shoes, sir, good quality", gab sich der Knabe fachmännisch.

„Jaja, schön und gut, aber die werden doch eh gleich wieder dreckig, verstehste?", gab sich der Held genervt. Der junge Kerl verstand – und polierte fleißig weiter. Und lächelte weiter. Und streckte Supernulf seine Hand weit entgegen.

„Bakshish." Das war zu viel. Die Halsschlagadern des Helden schwollen auf das Format der Shisha an, er zückte eine Reisepackung braumeisterlichen Getränks und hielt diese in die Luft. Ein Zisch, ein weiterer tiefer Zug und die arabische Luft vibrierte.

„Wie das Land, so das Bakshish!" Der Rülps als Ventil. Supernulf wurde wieder etwas ruhiger. Ganz im Gegensatz zum Besitzer des altehrwürdigen Caféhauses.

Er überlegte gerade, wieviel Bakshish er wohl noch benötigen würde, um diesem Trinkgeld-Terrorismus in Richtung Flughafen zu entkommen, als der Besitzer sich vor ihm aufbaute.

„Noch so ein unflätiger Werbespruch und sie fliegen raus!", schallte es dem Helden ins Gesicht. Na super, der Caféhaus-Hanswurst konnte deutsch. Die geheime wahre Identität des Helden als Werber stand unvermittelt auf dem Spiel. Er nahm einen letzten ungeheuren Zug aus der Shisha und blickte dem Besitzer direkt in die Augen.

„Bakshish-Bande", hauchte er verpeilt und flog in hohem Bogen raus. Der Besitzer lachte laut, als Supernulf sich erhob und den Staub aus seinem feinen Zwirn klopfte.

Zurück in der Heimat stieg der Held erschöpft aus dem Taxi, das ihn vor seiner Wohnung absetzte.

‚Unerhört', dachte er bei sich, während die letzten Stunden erneut vor ihm abliefen. Er nahm seine Tasche und reichte dem Taxifahrer das abgezählte Fahrgeld.

„He, Mister, Bakshish?", fragte der nahöstlich anmutende Taxifahrer mit einem breiten Lächeln.

SUPERNULF
UND DER KOSTÜM-KASPER

„So ein Theater", stöhnte er. Und das war nicht weiter verwunderlich. Die erste Halbzeit des Abends war recht theatralisch zu Ende gegangen.

Er hatte eine abziehbildhübsche Schönheit ins Theater eingeladen und war sich absolut sicher, auf der Liste der Ehrengäste zu stehen, was der patzige Theaterkassenwart aber vehement verneinte. Um den verpatzten Theaterbesuch wieder gut zu machen, hatte er seine gertenschlanke Begleiterscheinung kurzerhand ins Lichtspieltheater eingeladen. Leider war Theater des Grauens *keiner ihrer Lieblingsfilme, weshalb sie ein grauenhaftes Theater veranstaltete und ihn im Regen stehen ließ.*

Im Radio lief gerade Theater *von Katja Epstein. Kurzerhand zertrümmerte Supernulf den Funkwellen-empfänger. So nass, wie sein kostbarer 8ter Armani-Anzug, so gereizt war er selbst.*

Ein Fernsehabend sollte Entspannung bringen und das Vergangene vergessen machen. Nicht nur das

Theater des Vorabends zerrte an seinen Nerven, auch die Vereitelung eines Reaktorunfalls, zu der er dank seiner nebenberuflichen Weiterbildung zum Geigerzähler hinzugezogen worden war, forderte ihren Tribut. Müde ließ sich der Held in die Sofakissen fallen und startete das Beruhigungs-Zapping.

„Narrhallamarsch!" dröhnte es ihm aus einem der viel zu kostenpflichtigen öffentlich-rechtlichen Televisionsprogrammen entgegen. Narrhallamarsch, das hieß Büttenreden, organisiertes Schenkelklopfen und spießige Kasper in albernen Verkleidungen.

Im nachfolgenden Tusch vergewisserte er sich mit einem Blick auf seine innere Digitaluhr mit Datumsanzeige des über das Jahr so erfolgreich verdrängten Datums.

„Scheiße", entfuhr es ihm wohlüberlegt und regte seinen exakt geeichten Verdauungsapparat spontan an, selbiges zu tun.

Noch während sich der Superheld auf der Keramik geschäftig gab und darüber ärgerte, dem diesjährigen Rosenmontag aufgesessen zu sein, beschloss er einen Beschluss. Kurz entschlossen zerrte er an der Klorolle, verließ eilig den Abort und warf sich in spontan Schale.

„Autsch!", stieß er hervor und rieb sich den Steiß. Er hatte noch immer nicht das am Boden zerschellte Ei entfernt, in dessen Dotter er gerade ausgerutscht war. Rasch entfernte er Schale und Dotter und schon kurze Zeit später befand sich der Held in standesgemäß feinem Zwirn und in der Klamauk-Kanzel der ausverkauften Mehrzweckhalle der Karnevalsgilde *Rot-Weiß*. Vorsichtshalber stellte der Held noch einen Sixpack neben das Rednerpult und streichelte seinen eigenen.

Während sich der Bütten-Bubi um Kopf und Kragen reimte, baute sich Supernulf vor ihm auf, hob eine Dose hoch in die Luft, setzte ihrer zarten Außenhaut mit dem scharfkantigen Daumennagel ordentlich zu und zog sich im Zuge des Öffnens einen herzhaften Schluck rein. Einmal mehr darüber erstaunt, wie wenig Inhalt selbst eine 0,5er zu bieten hatte, besann er sich seiner Mission und entriss dem Kostüm-Kasper mit rabiater Eleganz das Mikrofon.

„Witzisch, oder was?

Isch kann eusch sache, des is kei Spass.

wenn einer, der wo am Tach

den Versicherungsfuzzi macht,

plötzlich die Satire mit Löffel gefresse.

Ihr alle seid dem Quatsch uffgesesse,

dass witzisch-sein 'ne Maske braucht.

Doch, ach, seht misch..." Eine zweite Dose verschwand in seinem Rachen...

„Isch bin heiter ohne Verkleidung auch.

Zum Deufel mit dem Narrenbrauch,

halten muss isch meinen Bauch.

Doch net vor Lache,

sondern vor Schwindel,

Übelkeit und solsche Sache!"

Das versammelte Schweigen der anwesenden Gummimasken, Gesichtsmalereien und anderer Geschmacksentgleisungen verriet dem dichtenden Helden, dass der Pöbel noch nicht reif für seinen Scharfsinn war. Etwas einfacheres musste her. Und noch ehe die Security ihn von der Bühne zerrte, hallte seine Botschaft durch die mehrzweckentfremdete Halle:

„Keine Macht den Doofen!", rülpste Supernulf, als die Sicherheitsbeauftragten ihm unmissverständlich unfreundlich den Weg wiesen.

Zuhause angekommen musste er feststellen, dass ihm die zwei Veilchen äußerst männlich zu Gesicht standen. Und wem fiel ein solch unbedeutender Makel an Karneval schon auf?

„So ein Theater", schnaufte der Held und versuchte sich ein weiteres Mal im Entspannungszappen.

EPISODE  21

SUPERNULF
UND DIE TUSSEN-TÖLE

„Du machst dir kein Bild", murmelte er halb ärgerlich halb bewundernd. „Schöne Scheiße!"

Und in der Tat: Ein Bild von einem Haufen war das, in das er da gerade versehentlich getreten war. Grimmig blickte er auf seine bildschönen, beschissenen Lederschuhe, bildlich gesprochen. Sicher, der Kot war hübsch in Szene gesetzt, so zierlich und grazil in Form gepresst. Auf das weiße Leder. Doch er hatte das astreine Bild befleckt, das der Held an diesem Abend abgeben wollte. Also griff er nach der Bild, die er noch in den Innereien seines 33ten Armani-Jacketts fand, und beseitigte das Unglück.

Entspannung stand auf dem Plan. Erst vor wenigen Stunden hatte Supernulf einer Grippeepidemie Einhalt geboten.

‚Mit dir habe ich leichtes Grippenspiel', hatte er noch etwas zu leichtfertig gedacht und sich innerlich an seinem hervorragenden Wortspiel erfreut, doch beinahe hätten ihn die Viren in drei Sätzen niedergestreckt.

Letzten Endes behielt Supernulf die Oberhand dank eines 1a Virenscanners, den er zur rechten Zeit in der Hinterhand hatte. Glücklicher- und unerlaubterweise hatte er das Programm völlig versehentlich aus dem Büro mitgenommen.

„Ungewöhnliche Ereignisse erfordern ungewöhnliche Maßnahmen", murmelte er und knüllte die Bild-Zeitung nach vollbrachter Reinigung zusammen.

„Steht ohnehin nur Scheiß drin", lachte der Held laut auf und war nun bereit für seinen Auftritt, als ihm zwei Dinge auffielen: Er bemerkte bestürzt, dass der Amüsierbetrieb seiner Wahl außer Betrieb war; er sah, dass vor der Bar mehrere Leute standen, die sein Schicksal teilen wollten, was der Held mit zufriedenem Nicken begrüßte; und er fragte sich, inwiefern man eine Tatsache als solche überhaupt begrüßen kann.

Das war noch nicht alles. Als der Held seinen Blick nach erfolgter Schuhsäuberung aufgerichtet hatte, sah er wenige Meter vor sich des Unglücks Ursache: Eine Töle, klein und unansehnlich, schritt nicht nur in Richtung Bar, sondern auch in Begleitung einer großen ebenso unansehnlichen Tussi vor ihm her.

‚Da wird doch der Hund in der Pfanne verrückt', dachte er und bemerkte, dass dieser kleine Zottel unmöglich als Hund zu klassifizieren und die Tussi beeindruckend geschmacklos aufgemotzt war. Ruhig entschlossen, hier einiges zum Wohle der Öffentlichkeit klarstellen zu können, tippte er dem langen Elend auf die Schulter.

„Entschuldigen Sie die Störung, Madame", begann er höflich und wich erschrocken zurück, als sich das frisch tapezierte Gesicht einer Möchtegern-Mittdreißigerin zu ihm umdrehte. Er räusperte sich superprofessionell.

„Öhem, ihr Fell-Fiffi hat dort drüben etwas fallen lassen."

„Hach ist sie nicht süüüüüüß", bellte es ihm mit einer Prise Eve 120 entgegen, „eine richtige Hundedame, meine kleine Cecilia!" Supernulf schwollen unwillkürlich sämtliche Venen und Arterien an, was ihn zu einer noch imposanteren Erscheinung verhalf. Wie er hoffte.

„Hund? Dame?" Seine Stimme schwoll ebenfalls an.

„Dieses Trauerspiel von einem Hund hat auf den Gehweg geschissen. Es ist wohl nicht zu viel verlangt, für die Beseitigung derartiger Störfälle zu sorgen, junge Frau?!"

Ein aufmerksames Raunen ging durchs Publikum. Der Held blickte sich um und sonnte sich in Zustimmung.

„Ach ja?", zickte die aufgetakelte Fregatte zurück. ‚Aufgetakelt, einfach super', dachte er, doch von einem erneuten gedanklichen Wortspiel wollte sich der Held nicht unnötig ablenken lassen. Er war gut drauf.

„Ach ja!", gab er schnippisch zu rück. „Das war ja wohl ein dickes Ding vorhin – im wahrsten Sinne des

Wortes. So viel Mist von so wenig Hund und Sie denken nicht mal an entsprechende Beseitigung des Übels?"

„Was meinen Sie damit?", gab sie sich naiv. In diesem Moment platzte Supernulf der Kragen.

„Ihren Hund", schrie er und riss seinem Gerste-und-Malz-ToGo wütend die Ummantelung auf. Er setzte das Loch im Rausch der Verärgerung an den Hals, entfernte die Lasche und einen Atemzug später war das Bier in seinem Bauch verschwunden. Die Zeit war reif.

„Muss man sich denn um jeden Scheiß selbst kümmern?!", schleuderte er ihr entgegen und mit den Worten die vollgestopfte warme Bild-Zeitung vor die Füße.

„Cecililaaaa!!!", schrie die Tussi und wühlte in dem aufgeplatzten Papier nach ihrem Pekinesen.

„Ha", setzet der Held nach, „mit einem Wisch, ist alles weg!" Noch bevor er bemerkte, dass seine geheime Identität als wahrhaftiger Werbe-Schnösel auf dem Spiel stand, spürte er einen pfennigabsatzgroßen Schmerz in der Magengrube. Als er kurz darauf vom Boden aufblickte, sah er verschwommen das Bein des Pekinesen über seinem.

„Verpiss dich!", harschte er die Töle an, was sie unerfreulich spontan in die Tat umsetzte.

‚Bekommen Pekinesen überhaupt Aufenthalts-genehmigungen?', überlegte der Held, als er sich nachhause schleppte. ‚Ich jedenfalls bekomme eine Dogge. Bald. Sehr bald.'

SUPERNULF
UND DIE QUOTEN-QUAL

Brrrrr, kalte Jahreszeit. Supernulf schlug den Mantelkragen hoch und erreichte wenig später sein Heim, seine Höhle, sein Rückzugsgebiet. Hierher zog er sich umso lieber zurück, je weiter die Zeit des Jahres voranschritt. Er bestellte sich noch flugs eine Pizza Vier Jahreszeiten und fiel schließlich erschöpft in sein Sofa. Es war an der Zeit, das Jahr Revue passieren zu lassen. Er überlegte kurz, ob er nicht lieber ein paar Revuegirls passieren lassen würde, doch seine Füße forderten eine Auszeit und so ließ er den Tag zeitig zu Ende gehen.

Supernulfs Blick glitt über seine DVD-Auswahl. Die Sicherstellung sämtlichen Diebesgutes nach einem unerwarteten Wintereinbruch forderte ihn vehement zur Erholung auf. Eine Komödie á la *Texas Chainsaw Massacre,* etwas menschelndes wie *Night of The Living Dead* oder etwas eher verträumtes wie *Nightmare on Elm Street* luden zur Entspannung. Doch kannte er das alles bereits auswendig, sodass der Held anstelle der

Gemütlichkeit dem wahren Horror Einlass gewährte, indem er unüberlegt das Radio einschaltete.

„…Hits der 80er, 90er, 2000er und das Beste von heute…", dröhnte ihm sein Bose Soundsystem böse ins Gesicht.

Supernulf schüttelte sich. Radio von der Stange, dafür konnte er weiß Gott keine Lanze brechen. Nicht einmal ein Räucherstäbchen. Wenig amüsiert über sein mittelmäßiges Wortspiel drehte er am Frequenz-regulatorknopf und während der Held noch überlegte, ob der Begriff Frequenzregulatorknopf überhaupt in einschlägigen Nachschlagewerken nachgeschlagen werden konnte oder ob es sich nicht doch eher um eine schlichte Stationstaste handelte, tastete er sich von Station zu Station.

„…denn die besten Hits der 80er, 90er bis heute…" Er tastete.

„…mit dem Besten aus drei Jahrzehnten…" Und tastete.

„…besten Mischung aus 80ern, 90ern und den aktuellsten Hits…" Und rastete – aus. Wütend drückte der Held den Ausknopf ins Gerät. Er würde ihn ohnehin nicht wieder benötigen.

„Radio, On air, ha, ich setz dich an die Luft", meckerte er hämisch und steckte noch schnell eine Tagesration goldgelber Malzbrause ein, wie er sein Leibgericht liebevoll bekosenamte.

Wenige Momente später war Supernulf schon auf dem Weg zum schnödesten privaten Radiosender der Stadt. Es war an der Zeit, etwas gegen die Quotendudelei zu tun.

Schwungvoll goss er den ersten Blechbehälter ätherischen Gerstensaftes herunter, damit seine Botschaft wie Öl durch den Äther der ultra-kurzgewellten oder von ihm aus auch digitalisierten Massenkommunikation zur Hörerschaft finden und sie aus dem Tagtraum unreflektierter Musikaufnahme reißen würde. Soweit klang sein Vorhaben schon recht gut ausformuliert, als er auch schon vor dem Senderaum angekommen war. Wütend stieß er die Tür auf. Der Radio-DJ reagierte prompt.

„Und gleich haben wir einen ganz besonderen Studiogast – doch zunächst noch ein Superhit aus den 80ern – denn nur bei uns bekommen Sie die größte Abwechslung. Von damals bis heute."

Das On Air Schildchen erlosch und in Supernulf der letzte Funken Respekt. Mit hochrotem Kopf und pulsierenden Hauptschlagadern holte er eine seiner wertvollen Dosen hervor, machte ultrakurzen Prozess und war zehn Sekunden später so richtig in Fahrt.

Doch da kam erst noch ein Hit. Aus den 90ern. Während *a-ha* ihm zusetzten, setzte er sich zu dem Moderator und wartete geduldig das Aufflackern des On Air Schildes ab.

Aha, nur noch ein Hit aus dem aktuellen Jahrtausend. Wer hatte sich nur diese blöde Vier-Hits-am-Stück-Idee ausgedacht. Als sein Blick auf den völlig verblödeten Quacksalber am DJ-Pult fiel, wurde ihm klar, dass sie vielleicht doch nicht so schlecht war. Zeit für ein Zwischenbier.

Der letzte Hit – von heute. Das vorletzte Bier.

„Und nun begrüßen wir Supernulf, eine heldenhafte Sympathiefigur, wie sie besser nicht ins Zeitgeschehen passen könnte. Supernulf, Sie haben eine Botschaft für unsere Hörerinnen und Hörer da draußen?" Sauber formuliert, so langsam wurde ihm der Bursche sympathisch, doch Supernulf hielt an seinem Vorhaben fest. Er räusperte sich kurz, checkte seine Frisur, den Sitz seines 46sten Armani-Jacketts, den Dreitages-Bartwuchs, seinen Atem …

„Und während unser Gast noch nach den richtigen Worten sucht, suchen wir für Sie weiterhin die großartigsten Hits…"

Das war zu viel. Supernulf entriss ihm das Mikrophon und der letzten Dose den Verschluss:

„Geliebte Nation! Die besten Hits? Ein blöder Witz!", trichterte er seinen Weckruf den Herzen von Millionen verarschter Radioempfänger ein und anschließend sich selbst sein letztes Bier.

„Schluss mit der Quoten-Qual, ein für alle Mal! Radio, geht ins Ohr, bleibt im Kopf, ich armer Tropf…"

Rasch brach der Moderator die Übertragung ab, noch ehe der Held der Gefahr erlegen war, seine realistische Identität als Meister der Werbebotschaft zu entblößen. Und ebenso schnell brach ein imposanter Sicherheitsbeamter Supernulfs Ausflug in die Massenmedienlandschaft unter massenhaftem Protest des Helden ab.

Fahren konnte er nicht mehr. Laufen auch nicht. Supernulf nahm rasch eine Schmerztablette und ein Taxi. Im heimischen Heldenreservat angekommen ließ er sich aufs Sofa fallen.

‚Brrrrrr, uneinsichtige Jahreszeit', dachte der Held, legte Scorseses Klassiker *Talk Radio* ein und träumte von den guten alten Tagen.

SUPERNULF
UND DER PLASTIK-BOMBER

Da stand sie nun. Und es fiel ihm leicht zu verstehen,
weshalb so viele auf sie standen. Nicht nur ihre eleganten
Rundungen und ihr sympathisches Auftreten, auch ihre
Standhaftigkeit standen ihr gut zu Gesicht. Wer es mit dieser
Schönheit aufnehmen wollte, musste schon früher aufstehen.
Sie trug standesgemäß ein rotes Gewand aus dünnem Blech,
ein paar standardisierte chromblitzende Accessoires
unterstrichen dezent ihren grazilen Auftritt. So stand sie da.

Supernulf war zu Recht stolz auf seine neueste
Eroberung. Und als er so auf sie zuschritt und ihr keck
zublinzelte, stellte er fest, wie leicht es doch sein konnte,
sich von ausgedienten Liebeleien zu trennen. Sicher,
sein feuerrotes Mittelklasse-KFZ hatte ihm treue Dienste
geleistet, aber ab und an verlangt es auch die treueste
heldenhafte Zeitgeschehen-Sympathiefigur nach einer
neuen, frischen Liebe. Auch wenn die Auserwählte
älteren Baujahrs war.

Er war just an seiner neuen, alten Vespa Sprint aus dem Jahr 1969 angekommen, als ihm recht spontan zwei Dinge auffielen: Sie sah ungeheuer scharf aus; er war es; und eine entspannte Fahrt ins Blaue wäre jetzt genau das Richtige für sie beide.

Kurz zuvor hatte er eine drohende Sturmflut mit der gigantischen Ebbe in seinem Portemonnaie auffangen können, sodass es den Helden nun nach etwas Erholung dürstete.

Liebevoll strich Supernulf über das Hinterteil seiner neuen Liebe, schwang sich auf ihren Schoß und gab ihr den zündenden Tritt. Dieser Kick war es, den er seit Beginn ihrer Liaison suchte – und immer wieder fand.

Der Auspuff sprotzte und knatterte, dass es nur so eine Freude war. Bis zu dem Moment, als er auf das Gelände einer ortsansässigen freien Tankstelle fuhr. Er hatte gerade seine Liebste mit normalem Bleifreien sowie feinem Vollsynthetischen versorgt, als er ihn sah: Ahnungslose 16, sein Gefährt süße 50. Kubik. Den Helm hatte der Teenager auf den Hinterkopf geschoben. Wie man das in dieser Altersklasse wohl tut. Zwei Dinge, die Supernulf Schweißperlen auf die Fußsohlen trieben. Wobei er noch nicht sicher war, was er schlimmer fand, den Teenager oder den Helm auf seinem Hinterkopf. Er entschied sich letztlich für beides, als der Jüngling sein albernes Gefährt anwarf. Das schrille Aufschreien des Einzylinders vom Spurt zwischen Zapfsäule und Ausfahrt ließ Supernulfs Hals anschwillen. Das

Rennfahrergehabe des Naseweis und das belanglos ganglose Motorheulen beim Beschleunigungsakt auf 45km/h gaben ihm den Rest. Hier musste jemand vom Pfad der Jugend auf den der Tugend gebracht werden.

Behände schmiss er die Sitzbank ins Schloss und ein zackiges „Pack den Tiger in den Tank!" in die Runde. In geübter Manier beförderte er eine Ration seines geliebten gerstehaltigen Sprits aus dem Handschuhfach und ehe ihn jemand auf seine um ein Haar enttarnte geheim-reale Identität als rollender Werber ansprechen konnte, hatte er schon einen Auslass ins untere Ende der Dose gebohrt, den Einfüllstutzen oben geöffnet und die Druckbetankung gestartet.

Zufrieden setzte er die geleerte 0,5er Dose nach ca. drei Sekunden ab und donnerte ein beherztes „Zischt wie Appelsaft!" ins Freie.

Erneut gab der Held ihr und sich den beherzten Kick und dröhnte von der Tankstelle. Im Rückspiegel meinte er noch den anfeuernden Jubel des ölverschmierten adipösen Tankwarts wahrnehmen zu können, als er schon überlegte, ob es nicht einfach eine ölverschmierte Tankschwarte war, die ihm mit der nicht gezahlten Rechnung hinterer winkte. Doch seine Konzentration galt dem rasch entgegenkommenden Horizont und dem pickeligen in der Adoleszenz befindlichen Teenie, den er an selbigem bereits wahrnahm.

Supernulf riss am Gas und hatte binnen weniger Adrenalin getränkter Sekunden die 100km/h Grenze durchbrochen und den rollenden Teenie eingeholt.

„Friss meinen Staub und riech an meinen Reifen", höhnte er in seinen Heldenhelm und nahm mit Genugtuung den verdutzten Gesichtsausdruck des Plastikbomberpiloten im Rückspiegel wahr, als er sich fragte, wie man dazu kommt, jemanden ungefragt zu *verdutzen*, ohne ihn zu kennen. Ein *versietzter* Gesichtsausdruck wäre angemessen gewesen. Aber was wusste der Jungspund schon.

Der Held freute sich des rasanten Lebens, das ihm zu führen vergönnt war, pfiff vergnügt *Freewheel Burning*, während er gleichzeitig beherzt auflachte. Und auffuhr. Auf eine Hecke, die sich ihm in einer 90 Grad Kurve unversehens in den Weg stellte.

Seine Sprint polterte durch das Gewächs aufs Feld, er holperte auf und ab, schaltete, bremste, gab Gas, und träumte von Cheesburgern mit Bacon. Klassischer Fall von Panik.

Es krachte. Der Sprint ging die Puste aus. Und ihm die Pumpe. Supernulf schwang sich gewohnt elegant von der Sitzbank. In jedweder Situation einen guten Eindruck hinterlassen – das war sein oberstes Credo.

Er rollte seine große Liebe in kurzem Blechkleid zurück an die Straße und tätschelte dabei liebevoll ihren knackigen Hintern.

Als die Dämmerung hereinbrach, musste er sich einem unliebsamen inneren Dämon stellen: Er war kurz davor aufzugeben. Seine Vespa wollte partout nicht anspringen. Er trat sie, streichelte sie, trat sie, redete ihr gut zu – Zuckerbrot und Peitsche, dachte er – drehte am Benzinhahn, trat, streichelte, zog den Choke, brach den Benzinhahn ab. Nichts geschah. Außer dem mühseligen, aber steten Näherkommen des fernöstlichen Zweitaktgekreisches.

Schweißperlen auf der Stirn, Ölperlen auf dem Boden. Nur wenige Augenblicke erfreute sich der vorbeidröhnende Knabe der schalt- und klanglosen Welt der Fortbewegung und winkte dem lässig an seiner Vespa lehnenden Wicht am Straßenrand zu, während er an der geistigen Beschaffenheit des alternden Vespafahrers zweifelte, der in einen Armani-Anzug gepresst und mit verbeultem Old School Roller unterwegs war.

Supernulf grinste herablassend zu dem Plastik-Fuzzi, hob die Notdose an und leerte sie.

„Ich wäre längst zu Haus", lachte er großkotzig in sich hinein. „Wenn ich nur wollte."

EPISODE 24

SUPERNULF
UND DIE HAUSBESITZERIN

Er saß da, einfach so. Unter einem ausladenden Sonnenschirm, der zum Ausruhen einlud, und schlabberte genüsslich einen Iced Cappuccino. Seine Liebste stand auf der anderen Straßenseite, ihr prachtvolles Heck und das neue rot glänzende Federbein in die Sonne gestreckt. Die beiden jungen Damen am Tischbein nebenan hatten nur Beine im Kopf. Die Länge der Beine, die Schuhe am Ende der Beine, die Haare auf den Beinen. Es war beinhart, nichts schien dem Geschnatter ein Bein stellen zu können.

‚Naja‘, dachte er, ‚kein Beinbruch.‘ Und genoss die Freizeit.

Die kleine Verschnaufpause hatte Supernulf sich redlich verdient. Just dreiundsechzig Stunden zuvor hatte er einem stadtbekannten Geldwäscher im Schleudergang den Hahn zugedreht. Und außerdem stand sein Umzug vor der Tür. Genauer gesagt vermutlich bereits vor der Tür seines neuen Heimes. Behauptete zumindest die Anzeige seiner brandaktuellen Retro-Digitaluhr.

„O.K.", stieß er kernig hervor. Die Zeit war gekommen, die Rechnung kommen zu lassen. Supercharmant beglich er seine Schuld und gewährtes ein kleines aber wie er meinte feines Trinkgeld. Ein Sprung auf die andere Straßenseite und schon schwang sich der Held einem Cowboy gleich auf seine Liebste. Er gab ihr die Sporen, der Zweitakter knatterte, dass es nur so eine Freue war. Und während er noch überlegte, warum es eigentlich nur so eine Freude sein sollte, und nicht ganz sicher ein Mordsspaß, fegte ihm der Fahrtwind schon die ersten Insekten in die Nase.

Herrlich!

Es dauerte kaum eine erwähnenswerte Weile, bis er seine neue ländliche Heimstatt anstatt seiner alten schäbigen Stadtwohnung erreichte. Beschwingt steuerte er seine Vespa auf den Hof. Und da stand sie. Einfach so. Unter ihrem ausladenden Balkon ein großzügig dimensionierter fester Wanst, darunter – passend – kräftige Beine. Doch es war nicht ihr Äußeres, es war die Ausstrahlung dieser Frau, die ihn fesselte. Verschmitzt blickende kleine Augen zeugten von Spürsinn, krause graue Locken von Lebenserfahrung und scharf konturierte Lach- und diverse andere Falten von Humor. Und diversem anderem.

Sie funkelte ihn an, leicht geblendet vom strahlenden Perlmuttweiß seines Rollers.

„Malosi Vergaser?", analysierte sie messerscharf.

War es Überraschung? Begeisterung? Verwirrung? Liebe? Auf jeden Fall Fassungslosigkeit. Sein kurzes, schmissiges „Yeah!" klang nicht übel, wie er fand. Warum viel Worte machen.

Viel Zeit war dafür ohnehin nicht. Im Augenwinkel beobachtete der Held, wie fleischige Möbelpacker seine Möbel mit einer herzhaften Unbekümmertheit packten, die ihn erschaudern ließ. Er konnte sich nicht helfen, ihnen im Übrigen auch nicht, schließlich hatte er sie bezahlt, oder hatte es zumindest vor, aber das Unternehmen Umzug schien mit diesem Umzugsunternehmen unter einem schlechten Stern zu stehen. Als er schließlich sah, wie fahrlässig man sich seinen liebevoll restaurierten Supernulf-Kühlschrank zuwarf, platzte ihm der Kragen und seiner spontan zutage geförderten Bierdose der Verschluss.

„Jetzt macht mal mobil, bei Arbeit, nicht bei Sport und Spiel" brüllte er dem Umzugsfachangestellten zu und erschrak exakt zur selben Zeit darüber, seine insgeheim reale Identität als Werbefachangestellter möglicherweise verraten zu haben. Mehr als rasch leerte er sein Getränk und beendete den Anschiss schließlich mit einem angemessenen Bäuerchen.

Nachdem die Möbelfuzzis sich kurz entschlossen selbst das Trinkgeld von ihm besorgt hatten, um anschließend zu verschwinden, saß der Held inmitten seiner Möbel, streichelte liebevoll über den als Bierdose getarnten Türgriff seines Kühlschranks und seufzte.

Erneut stand sie da. Einfach so. Über ihren zweckmäßigen Händen warteten Arbeitshandschuhe auf ihren Einsatz. Sie kniff spitzbübisch die kleinen Augen zusammen und während er noch überlegte, ob eine Frau nicht eher spitzweibisch kniff, schulterte sie sein Sofa und warf ihm äußerst herzlich und pragmatisch ein „Packen wir es an!" rüber.

War es Respekt vor dem Alter? Neid ob der Kraft? In jedem Fall Fassungslosigkeit im Angesicht einer derart heldenhaften Zeitgeschehen Sympahtie-Hausbesitzerin.

EPISODE 25

SUPERNULF
UND DAS WETTER-WETTERN

Wehrlos wälzte er sich. Von links nach rechts. Den Grausamkeiten ausgeliefert. Der Alltag verwehrte ihm auch heute sein freundliches Antlitz. Wer hätte das gedacht, selbst an seinem 35. Geburtstag hatte er den Widrigkeiten des Tages nichts entgegenzusetzen, fühlte sich wehrlos. Da half auch der lang verstrichene Wehrdienst nicht. Und als sei das noch nicht genug, erhielt dieser Dienstag einen weiteren Wehrmutstropfen: Im Radio spielten sie Where we belong *von Boyzone.*

Also quälte er sich aus den Federn, warf den Rechner an und rief das soziale Netzwerk seiner Wahl auf.

Immerhin. Ein paar sinnlose sicher gut gemeinte Gratulationsbekundungen im Gästebuch, verfasst von Menschen, mit denen man schon zu Schulzeiten nichts zu tun hatte.

‚Kontaktpflege im Internet treibt seltsame Blüten‘, dachte Supernulf und bemerkte, wie aus heiterem Himmel, dass die Schulzeit bereits 20 Jahre zurück lag.

„Satan!", stieß er hervor und begann schleunigst mit seinem Entspannungsprogramm. Das er sich, nebenbei bemerkt, sauer verdient hatte. Erst gestern hatte er entnervt und entsprechend sauer die internationalen Aktienkurse vor dem sicheren Absturz bewahrt, indem er waghalsig eine nicht unbedeutende zweistellige Summe in Shitcoins investiert hatte. Wirtschaftliche Krisen erforderten harten Einsatz. Vor allem den seines sauer verdienten Geldes.

„Scheiß Topmanager", nuschelte sich der Geburtstagsheld in seinen sauber gestutzten 35-Jahre-Bart und bereitete sich erst einmal drei Cappuccini. Cappuccinis? Cappuccinos? Oder gar Cappuccinerichs? Egal, er hatte wichtigeres zu tun: 35 werden.

Als der Held damit fertig war, Zeitung und Milch aufzuschlagen, sah er die erfreuliche Botschaft: *Wolke plus Sonne* frohlockte das Wettervorhersagesymbol. Mit hastigem Genuss schlang er die drei Heißgetränke runter und stürmte nach draußen. Liebevoll tätschelte er seine Vespa, beinahe so alt wie er selbst, und knatterte los. Die Schrauberwerkstatt seines uneingeschränkten Vertrauens war sein Ziel. Abends dann noch zum Italiener seines uneingeschränkten Verdauens, das alles bei Sonnenschein, das würde ein super Tag!

„Moinsen!", blökte Supernulf in die Werkstatt und knallte sein Mitbringsel auf die Theke. „Drei Nussecken, haut rein Jungs!" Und noch ehe er wie fein säuberlich geplant seine neuen Moosgummigriffe bestellen und sich mit der Frage auseinandersetzen konnte, ob sie nur deshalb Moosgummigriffe hießen, weil sein sauer verdientes Moos drinsteckte, brach es los.

Zu der Wolke wollte Supernulf sich nicht weiter äußern. Die war wahrheitsgemäß wahrscheinlich gewesen, laut Zeitungsbericht. Der Hagel indes erregte seinen Zorn. Hagel im April, das passte nicht ins Zeitgeschehen. April! Da konnte es von Zeit zu Zeit geschehen, dass es unerfreulich regnet. Aber Hagel?! Zeit für die Pflichten einer heldenhaften Zeitgeschehen-Sympathiefigur.

„Verbinden Sie mich bitte mit dem meteroelo … metererol … logischen … dem Wetterdienst", schmetterte er in sein superneues Handy. Kurz darauf war die Konnektion hergestellt.

‚Was ein beknacktes Wort', dachte der Held noch so bei sich, als sich am anderen Ende eine nette Stimme meldete und er loslegen konnte.

„Was geht'n?", schoss es aus ihm heraus. „Ich schau in die Zeitung, da steht'n Wolken-Sonnen-Symbol!", wetterte sich Supernulf seinen Frust von der 35-jährigen Seele. „Stattdessen Hagel, da krieg ich 'nen Hass. Ist denn auf nichts mehr Verlass?"

Die Argumentation der Wettervorhersage-sachbearbeiterin beschäftigte sich mit Hochrechnungen, Computermodellen und Statistiken. Und klang schlüssig. Aber schlussendlich unbefriedigend. Dem Helden platzte der Kragen. Durch die Rauch- und Baumwollschwaden konnten die Zweiradmeister beobachten, wie Supernulf auf dem Hof superaufgebracht eine liebevoll eingepackte Geburtstags-0,5er aus dem Handschuhfach seines Rollers zauberte, sie supergeschickt und supereinhändig vom Geschenkpapier befreite, durchlöcherte und den Verschluss entriegelte. Das kühle, der StVO geschuldet alkoholfreie Bierchen besänftigte seinen aufgebrachten Rachen.

„Alle reden vom Wetter – ihr nicht!", schloss der Held seine Unzufriedenheitsbekundung ab. Noch ehe ihm gewahr wurde, dass er um Schaltzug-Breite seine geheim-reale Identität als Werbeikone aufs Spiel gesetzt hatte, war die Leitung tot.

„Ha!", freute sich der Held. „Leitung tot. Erledigt!"

In lässiger Basketballermanier warf Supernulf die leere Dose neben den Mülleimer. Es schepperte. Auch aus den Wolken. Binnen Sekunden waren Held und Roller durchnässt. Und zerbeult.

Zuhause angekommen ließ er sich ein sauer verdientes Bad ein, warf sich in die Wanne, bestaunte anschließend das kleine Wasserinferno in seinem Bad und die blauen Flecken am eigenen Leib.

„Auch egal", murmelte er noch immer im Freudentaumel. Wieder einmal hatte er dem unzuverlässigen Leben die heldenhafte Zeitgeschehen-Sympathieschulter gezeigt. Und das mit 35! Er wälzte sich. Von rechts nach links.

„Wehrlos ausgeliefert? Nicht mit mir!"

EPISODE 26

SUPERNULF
UND DIE BERUFSBERUFUNG

So, Feierabend. Schluss. Aus. Etwas musste sich ändern.

‚Mich dünkt nach Abwechslung‘, dachte er geschwollen. ‚Und zwar derbe‘, fügte er an, als wolle er sich selbst in ein anderes, weniger geschwollenes Licht stellen. Tat er auch, indem er aus dem Schein der Bushaltestelle ins schummrige Innere des Nahverkehrsmittels einstieg.

Anders sein, das war schon immer sein Ding gewesen. Anders als die anderen. Andererseits: Gleichheit hatte auch ihren Reiz. Den entspannten Gleichmut der anderen, die einen in Ruhe ließen.

Ganz anders sein Dasein als Werbe-Hansel. Alles andere als gleichmäßig. Ständig andere Kunden, andere Projekte, andere Präsentationen, anderes Gelaber. Die Zeit für Abwechslung war in dieser monotonen Andersartigkeit definitiv gekommen. Und reif. Reif für ihn. Ab jetzt würde alles anders. Schluss. Aus.

Supernulf entstieg dem Bus direkt vor seiner Haustür und lachte sich ins Fäustchen ob seines definitiv letzten

Feierabends als Werbe-Hure. Zehn Jahre hatte er gedient – und sich diesen Feierabend damit mehr als redlich. So lachte er noch etwas lauter in sein Fäustchen, bis ihm die Peinlichkeit dieser Szenerie bewusst wurde. Und noch etwas viel Schlimmeres: Die Notwendigkeit einer Geburtstagskarte für einen Geburtstagsbekannten, der Geburtstag zu haben gedachte.

„Na herzlichen Glückwunsch", pöbelte er metaphorisch völlig korrekt der Abendsonne entgegen. Es gab nichts Schlimmeres als Grußkarten kaufen.

Supernulf drehte auf der Stelle um und schlenderte missmutig zum gegenüberliegenden Supermarkt. Und während er noch überlegte, dass ein solcher Markt doch eher stand als faul in der Gegend gegenüber zu liegen, fand er sich schon vor dem Regal des Grauens wieder.

„Schließlich heißt es auch Marktstand", nuschelte sich der Held zur Abwechslung in seine Nasenhaare und blätterte durch die Grußkarten, dass es nur so eine Katastrophe war. Ein hirnrissiges Sprüchlein reihte sich an das nächste, eine klare Beleidigung für Werbers Auge. Und Intellekt.

„Alte Scheiße", raunzte er das Regal an und schlenderte angewidert durch den benachbarten Getränkegang.

Die dortige Artenvielfalt hellte seine Stimmung spürbar auf. Einer spontanen, allerhöchstens ein kleines bisschen vorhersehbaren Eingebung folgend griff er ins Regal und brachte sich in Besitz einer x-beliebigen Dose erquickenden Gerstengebräus. Supernulf erklomm im Geiste bereits einen Segler, in dessen grünen Leinen der Wind zum Marsch aufspielte, als er sich im realen Leben wieder vor dem verhassten Regal textlicher Geschmacklosigkeiten wiederfand.

„Kaum zu glauben aber wahr, über Geschmack lässt sich nicht streiten, ist das klar?!", stellte er lautstark fest. Völlig instinktiv führte er dabei eine geschickte Bohrung am unteren Ende der Dose aus, spürte wie die Gischt aus Gerste, Malz und Wasser nach Abriss der Lasche unkontrolliert in seinen Rachen und gleichzeitig eine beinahe wohlüberlegte Idee in sein Hirn schoss.

„Merci, dass es dich gibt", lachte er rülpsend sein Lieblingsgetränk an. Und gab dabei erstmals einen feuchten Kehricht auf die Aufdeckung seiner ehemals so penibel gehüteten geheimen Werber-Identität – sowie einen feuchten Atem auf das vor ihm liegende Grußkartendesaster.

Während Supernulf belustigt das versammelte Publikum sowie die durch den Oral-Orkan dahinwelkenden Karten voll geistigen Unsinns betrachtete, formte sich sein Plan bis ins Detail aus. Und während der Marktleiter ihm mal wieder sehr detailliert das Ladenverbot zu verstehen gab, schrie er ihn der Welt ins Gesicht: „Grußkartexter – und zwar vom Allerfeinsten!" Das war seine Berufung. Und die würde er der Welt nicht vorenthalten. Auch wenn sie derzeit nur von einer Handvoll Konsumenten repräsentiert wurde, welche die Einkaufsstätte fragwürdiger literarischer Unverschämtheiten aufsuchten.

Herzlichen Glückwunsch: Die Zeit für Veränderung war gekommen.

„Schluss. Aus. Pasta", murmelte der Held und machte sich auf den Weg, einen Topf Spagetti zuzubereiten.

EPISODE 27

SUPERNULF
UND DIE HITZEWALLUNG

„Satann!", war alles, was ihm mit einer heißen Aioli-Welle aus dem Rachen kroch. Die Sonne glühte höllisch auf seinen trainierten Wanst. Die Erde brannte unter seinen Sohlen. Der Schädel glühte. Er stolperte hilflos durch ein Inferno lebloser Leiber auf brandheißem Boden. Inmitten eines Fegefeuers halbnackter Tatsachen trachtete Luzifer ihn zu verführen, die sengende Hitze jedoch unterband jedweden Versuch, sich diesen wollüstigen Tatsachen zu stellen. Erschöpft sank er auf seine Ruhestatt und beobachtete das teuflische Treiben. Strandurlaub konnte die Hölle sein.

Nicht, dass Supernulf sich diese eine Woche Sonnenbaden nicht verdient hätte. Aber 38 Grad im Schatten, krebsrote Körper, der Überzeugung verfallen, Hautkrebs sei eine Marketingmasche, allein den Demagogen der Gesundheits- und Wellnessindustrie geschuldet, und zu allem Überfluss die zweifelhafte Leidenschaft der Pauschalurlauber, Pool-Liegen um 7:30 Uhr morgens mit Handtüchern zu belegen, deren Platz

sie selbst erst drei Stunden später einnehmen würden –
womit hatte er all das eigentlich verdient?

Als wären seine Bemühungen der vergangenen Tage
nicht Grund genug für echte Erholung: Geradezu
heldenhaft sympathisch hatte er einen vermeintlich
eventuell vielleicht loszündelnden Waldbrand mit einer
1-Liter-Dose feinsten Gerstensaftes aus seinem
Urlaubsbestand gelöscht. Und das Gemüt desjenigen
erhitzt, der die Kippe in einem Aschenbecher entsorgt
und sich anschließend mit biergetränkter Frisur vor ihm
aufgebaut hatte.

„Schnee von vorgestern", witzelte der Held und rieb
seine blauen Flecken mit Sonnenschutzfaktor 50 ein. Als
heldenhafte Zeitgeschehen-Sympathiefigur fristete man
ein Dasein nicht nur auf der Sonnenseite des arglistigen
Lebens. Doch genau jetzt war die Zeit für diese Seite
gekommen und so legte er die Sonnenmilch beiseite und
sich selbst in Pose, bereit, UVA-geschützt in Beelzebubs
Reich heißer Sommerträume zu entgleiten.

Der Held spürte die wärmenden Sonnenstrahlen, den
sanften Windhauch, das anschwillende Rauschen der
Wellen, das ebenso anschwillende Rauschen zahlreicher
Stimmen und ein leises Gefühl drohenden Übels.

„Kevin, komm ma bei mich bei. Wir packen jetzt
zusammen."

„Och man, Omma, ich will aber noch bleiben."

„Nix da."

„Du hast mir gar nix zu sagen, Omma."

„Ich geb dir gleich *gar nix zu sagen*. Los jetzt, schüttel dein Handtuch aus…"

Zu spät. Seine innere Stimme wollte gerade zum Weckruf anheben, als der Knabe dem sanften Druck seiner Großmutter nachgab und das Handtuch nach Herzensunlust schüttelte. Nur wenigen Sekunden später fühlte sich Supernulf wie ein paniertes Schweineschnitzel – ohne Schwein versteht sich. Sonnenklar, dass er hier der Erziehung etwas auf die Sprünge helfen musste.

Geschickt entwendete er seiner Kühlbox eine willkommene Erfrischung, öffnete sie in lässig routinierter Manier am unteren Ende, setzte an und verschlang die Erfrischung so schnell, wie der Knabe das Schütteln des Handtuchs wieder eingestellt hatte.

„Ge-ni-al, bräunt ideal, was?", bölkte der Held die Großmutter an. Nicht nur seine sorgsam zuhause gelassene Identität als alt gewordener Werbe-Heini für Sonnencreme stand mit diesem leichtsinnigen Zitat auf dem Spiel, sondern auch seine Reputation als Held aller Generationen. Der alte Griesgram baute sich vor ihm auf, wisch sich das Bier aus dem Gesicht, schob den Enkelbengel hinter sich und stemmte die Hände in die welken Hüften. Und während Supernulf noch überlegte, ob alte Griesgrame so hießen, weil sie bei Familienfeiern dauernd mit altem Grieß kamen, wetterte die Alte los.

„Was bilden Sie sich ein…"

„Ich?", fiel ihr Supernulf ins Wort und gleichzeitig in eine Sandkuhle, die er übersehen hatte. „Er hat angefangen. Schauen sie mich an, voller Sand, ekelhaft", rief er von unten herauf. Sie beugte wich über ihn.

„Sie sind hier am Strand, ist wohl keine Seltenheit, das mit dem Sand", frotzelte sie verärgert auf ihn herab.

‚Wenigstens ist es jetzt schön schattig', dachte der Held, als der Bengel ihm eine ausgediente Qualle ins Gesicht warf.

Supernulf schlug angewidert um sich und hörte noch das Großmuttertier im Weggehen sagen: „Harharhar, kleiner Racker, haste aber wat fein gemacht, harhar, unser Kevin…"

Der Held blickte sich um, es musste ja niemand sehen. Links, rechts, und schon warf er sein Handtuch rasch auf eine der Pool-Liegen. Es war 7:30 Uhr am folgenden Morgen und eines war sicher: Hier gab es keinen Sand. Der Held ließ sich dankbar seufzend auf der Liege nieder, es war definitiv Zeit zu entspannen.

„Kevin, los, Arschbombe!"

Wo war nur seine Kühlbox?

SUPERNULF
UND DER-WILL-NUR-SPIELEN

Augenblick mal! Der Held traute seinen Augen kaum. Und erst recht nicht denen seines vierbeinigen Freundes im Hundekorb. Der hatte sicher was ausgefressen, davon konnte Supernulf ein Augenlid singen. Er musste umgehend das Wohnzimmer in Augenschein nehmen. Der Schein würde sicherlich trügen. Das war so sicher wie der Augenaufschlag seines Corgi-Mischlings.

Natürlich hatte sein neuer Weggefährte in seiner Abwesenheit ein Auge auf herrenloses Beutegut geworfen. Schlappen, Stuhlbeine, Soundbar – sogar das Playstation-Mikrofon war der Langeweile zum Opfer gefallen. Normalerweise würde er ein Auge zudrücken, doch diesmal – auch. Damit war definitiv der Augenblick gekommen, augenblicklich mit seinem Freund an die frische Luft zu gehen.

Erst vor ein paar Momenten hatte der Held einen verschütteten Christstollen freigelegt und bei der

Gelegenheit die vermuffte Speisekammer des alten Herren aufgeräumt, der schon seit Jahren ein kleines Appartement nebenan verwohnte. Etwas frische Luft zur Entspannung war jetzt genau das richtige.

Der Held warf sich den ersten, nicht den besten, Armania-Anzug über, schließlich ging es über Stock und Stein, legte seinen Corgi-Mix an die Leine und ließ sich von ihm durch die Nachbarschaft führen.

‚Leinenführigkeit hatte ich mir auch irgendwie anders vorgestellt', dachte der Held beschwichtigend bei sich, als am Horizont Unheil drohte.

„Der will nur spielen", rief der Besitzer, „ist ein ganz Lieber."

‚Denkste', dachte sich Supernulf, zog sein Prachtexemplar zu sich heran, grinste verschmitzt ob der feinsinnigen Doppeldeutigkeit, die vermutlich nur er in dem eben Gedachten sah, und bereitete schon mal einen Denkzettel vor.

‚Gut, wenn man immer eine geschmeidige 0,3er griffbereit hat', führte er seinen Gedanken aus, als es auf der anderen Straßenseite unruhig wurde. Der Hundebesitzer schien keineswegs griffbereit zu sein, als sein Mastiff massiv außer Kontrolle geriet. Der Koloss riss sich ziemlich enthusiastisch los, sein Herrchen wirbelte herum und das Gekläff schwoll beeindruckend an.

„Rosalie", rief der überforderte Hundebesitzer, „hierher! Nu mach schon, zack, zack!" Während der

Mann die Leine seines Hundes zu fassen bekam und unbeholfen hinter seinem monströsen Getier hinterherstolperte, bekam Supernulf einen zu viel, schüttelte den Kopf und in der rechten Hand eine Dose Bier. Kurz bevor das Ungetüm seine Corgi-Liebe erreicht hatte, schnellte der Arm des Helden in die Höhe und der Daumen ins Blech. Superzielstrebig richtete er die wild um sich spritzende Bierfontäne in Richtung des Hundes. Der hielt verwirrt inne, schnappte nach den verheißungsvollen Tropfen und schüttelte sich.

„Das Beste kommt zum Schluss", sagte Supernulf und schmiss die leere Dose in hohem Bogen den Weg hinunter. „Such!", forderte er lauthals auf. Rosalie drehte sich auf dem Absatz um und spurtete los. Das kurze Ruckeln, als ihr Herrchen amtlich niedergerissen wurde, nahm sie gar nicht wahr.

„Ein ganzer Kerl, dank Schnappi", prustete der Held und verschwendete keinen Gedanken daran, dass seine supergeheime Werber-Identität aufzufliegen drohte. Er lachte sich lauthals ins Fäustchen. Und direkt anschließend in das des uneinsichtigen Hundebesitzers.

Supernulf setzte sich auf, rieb sich seinen Kiefer und sah in die dankbaren Augen seines Vierbeiners. Was war schon der kleine Seitenhieb eines Hundebesitzers im Angesicht des Triumphes. Er hatte drohendes Unheil abgewandt. Auch den Verlust von 300ml hochwertigsten Energydrinks konnte er verschmerzen. Apropos…

Der Held rappelte sich auf. Zeit für Entspannung. Und ein Schmerzmittel.

„Komm schon", sagte er liebevoll zu seinem Corgi-Mix und lies sich an der Leine nach Hause führen.

EPISODE 29

SUPERNULF
UND DAS GLAMPING-GEDÖNS

Erst vor ein paar Momenten hatte der Held mit Haftcreme einen garstigen Verbrecher seiner Haftstrafe zugeführt, der jüst auf Juist einen Haflinger von einer Koppel entwenden wollte. Nun, wo der Schurke in Einzelhaft saß, konnte sich der Held auf ein wahrhaft geruhsames Wochenende freuen. Ein paar Kumpels hatten ihn zum Campen überredet – grauenhaft, aber was will man machen. Der Held konnte gerade noch der wichtigsten Dinge habhaft werden, als es schon los ging.

Zugegeben, Camping war nicht sein Ding. Zu kalt. Zu unbequem. Zu unkomfortabel. Zu unelegant.

‚Was solls', dachte der Held und warf sich den 77ten seiner geliebten Armani-Anzüge über. Der Weg zum Campingplatz war nicht allzu weit, führte zudem noch am Supermarkt vorbei und so erreichte Supernulf die Wirkstätte der Entspannung supervorbereitet.

Der Bezwinger des Alltags hatte sich vorgenommen, den unwirtlichen Campingbedingungen zu trotzen, er hatte schon schlimmeres gemeistert. Artischocken zum Beispiel.

Er schmiss aus lockerer Hüfte sein Wurfzelt in die Ecke, legte Schlafsack und Kulturtasche hinein und sich in den Klappstuhl, das einzige mitgeführte Möbel, schließlich ging es beim Camping um Reduktion auf das Wesentliche.

Apropos: Rasch noch eine Palette feinstes Braugut in Griffweite, fertig.

„Super", rief er, während die anderen eintrudelten. Und begannen, ihre Zelte aufzubauen. Eigentlich sahen sie mehr aus wie Einfamilienhäuser. Supernulf öffnete eine Dose und gluckerte so vor sich hin, während der Aufbau voranschritt: aufblasbare Campingliegen, ein ebenso aufblasbares Sofa, Bettzeug, Schuhschrank, Kühlschrank – O.K., hier wurde er etwas neidisch – Flachbildfernseher, Kontaktgrill, Gasgrill …

„Jungs", rief der Held rüber, „wollen wir dann mal loslegen? Mit dem Entspannen?"

… Campingtisch, Lehnstühle, Kissen, Wickelzaun, Pavillon, Kunstrasen …

„Ein Bier…?"

… Schlauchboot, SUP-Board, Beach-Tennis, Wikingerschach, Bollerwagen …

"Wie lange wollt ihr bleiben …?"

… Lampionketten, Gartenzwerge, Wäschespinne.

„Darauf einen Dujardin", reimte der Held nach der fünften oder sechsten Dose Bier und schüttelte den

Kopf. Wie konnte man sich nur so gehen lassen. Und wie konnte er nur so leichtsinnig seine real verheimlichte Werber-Identität aufs Spiel setzen.

,Sei's drum', dachte der Held erneut, ,merkt hier sowieso keiner.' Während der Nachmittag seinen Lauf nahm, beobachtete er, wie all die Menschen mit Klopapierrollen unter dem Arm und Trainingsbuxe auf Halbmast zum Waschhaus schlurften, sich an den Spülbecken trafen oder unterwegs Schmalgespräche führten und machte sich noch ein Bierchen auf. Camping war nicht sein Ding.

Zugegeben, das Grillgut war gelungen, der Abend nahm Fahrt auf, während Hosen, Ärzte und Onkelz aus dem Bluetooth-Lautsprecher tirilierten und der Rücken in dem unbequemen Klappstuhl zu schmerzen begann.

Um Zehn Uhr war Platzruhe, nur ein paar Betrunkene sangen noch lauthals *1001 Nacht*, während der Held versuchte, wenigstens diese eine Nacht zu überstehen. Camping war nicht sein Ding, aber er riss sich am Riemen und versuchte beim Bierchen-Zählen etwas Schlafes habhaft zu werden.

Als die Vögel zu trällern begannen, schlummerte der Held auf der leider etwas luftdurchlässigen Matratze weniger lässig ein. Aber immerhin…

Immerhin wurde die Nacht erst gegen 7:30 Uhr beendet, als Nana Mouskouri aus dem Nachbarzelt dem Sonnenschein ein herzhaftes *Guten Morgen, guten Morgen* zusang und die ersten Köter kläffend zum Häufeln geführt wurden. Das war zu viel. Viel zu viel. Man könnte sagen entscheidend zu viel.

Ermüdet, ermattet, erkältet und erklärt sauer kroch der Held aus seinem halb in sich zusammen gefallenen Wurfzelt, schnappte sich eine letzte Dose, hämmerte seinen Daumen ins Material, setzte an, entriss ihr die Lasche – und zog.

„Bei diesen Preisen muss man reisen? PAH!", röhrte er seine Verachtung in den Sonnenaufgang, während es in den Doppelzelthälften seiner Kumpels lauthals schnarchte.

„1, 2, fly", rief er mit Blick auf das Campingplatzpersonal, das mit erhobenem Zeigefinger und ziemlich zielstrebig auf ihn zuschritt. Und noch bevor seine insgeheime Identität als Werbetexter schon zum zweiten Mal aufzufliegen und er selbst rauszufliegen drohte, hatte sich der Held eine allerletzte Dose gesichert und war lauthals schimpfend selbst vom Platz gestiefelt.

Camping war nicht sein Ding. Zu unbequem. Zu kalt. Zu unelegant. Und all dieses Glamping-Gedöns? Zu übertrieben. Zu wenig Halbes, geschweige denn Ganzes.

„Nehmt euch halt `ne Ferienwohnung", murmelte er in seinen Bierbauch und torkelte in den beginnenden Tag.

EPISODE 30

SUPERNULF
UND DIE RIESENRAUPE

*Eine Spur zu schnell? Mitnichten. Der Held trat aufs Gas.
Linke Spur. Tunnelblick. Rechte Spur, mitten durch, ein
Alptraum für den Spurhalteassistenten, lachte der Held
innerlich auf. Er war gut drauf, die Musik laut, die Lichter
schrill. Oha, hier würde er nicht spurlos vorbeikommen,
BÄMM. Ein Zusammenstoß warf ihn aus der Spur, doch
Supernulf fing sich wieder und setzte dem Rüpel nach. Er
sollte zu spüren bekommen, was ein ordentlicher Crash
bedeutete.*

*So ging es noch eine Weile, bis die Fahrzeuge ausrollten,
der Held sich etwas schwerfällig erhob und dafür umso
lässiger an den Rand des Autoscooters schlenderte.*

Nachdem er gestern erst eine marode
Autobahnbrücke überbrückt hatte, nahm sich Supernulf
einen Brückentag und suchte Zerstreuung.

´Wenn die Spice Girls nach Motörhead laufen, dann weißt du, dass du auf der Kirmes bist´, schmunzelte er vor sich hin, als er an der Raupe angekommen war. Das musikalische Angebot war schon immer fragwürdig gewesen auf diesen kleinen Volksfesten. Er beobachtete eine Weile die noch nicht verliebten aber verknutschten Pärchen, die in den rollenden Wagen auf das Zuklappen des Daches warteten. Auf die betont lässig am Rand stehend mitfahrenden Karussellbetreibertypen, die hier und da noch einen Chip einsammelten, behände auf- und absprangen und dabei geschickt eine Fluppe im Mundwinkel balancierten. Der Held kam nicht umhin, ein wenig gedanklichen Respekt zu zollen, als es wieder losging.

„Uuund es geht wieder loooooooos, festhalten, wir drehen noch eine Rundeeeeeee....yay!", bölkte die verzerrte Stimme aus dem verzerrten Gesicht des Karussellchipverkäufertypen. Die Musik wurde lauter, *Summer of 69* zerrte an Supernulfs Nerven und das Ruckeln der Raupe zerrte an den Zungen der Knutschenden.

„Das macht Spaß, jetzt geht's ruuund, da kommt Stimmung auuuuuuf", johlte es weiter aus den Boxen. Die Stimmung des Helden hingegen kam runter. Die mit Hall hinterlegten Bespaßungsversuche der Betreiber waren ihm schon immer ein Dorn im Ohr gewesen. Garniert von *It's raining men*, das sich nahtlos an Bryan Adams Vergangenheitsbewältigungsversuch anschloss.

Puh, langsam wurde selbst das trainierteste Heldengemüt auf die Probe gestellt.

„Aufpaaassen-sen-sen-sen, gleich geht's rüüüüückwääärts-ts-ts-ts…"

Schluss, aus, er holte die Dose raus. Es gab Momente, da musste er zum Wohle des Allgemeinwohls wohl oder übel über seinen wohlverdienten Feierabendschatten springen und heldenhaft einschreiten, um Schlimmeres zu verhindern. Wolfgang Petry zum Beispiel, der gerade die *Hölle, Hölle, Hölle* auf Erden lostrat.

Der Held fasste sich ein Herz und mit festem Griff die 0,5er. Das Loch im unteren Ende des Behältnisses war nur eine Frage von Sekundenbruchteilen, das Aufspringen auf die fahrende Raupe zum Glück keine Frage von Brüchen. Hocherfreut über sein körperliches Geschick reckte Supernulf den Kopf in die Höhe, entriss der Dose die Lasche und stürzte das kühlende Nass unfassbar prollig und unfassbar schnell den Rachen hinab.

„Freude am Fahren!", übertönte sein Jubelruf Elton Johns Stimmungsrohrkrepierer *I'm still standing* während er versuchte, lässig auf der fahrenden Raupe stillzustehen. Und noch bevor seine geheime Identität als verkannte Werbeikone aufzufliegen drohte, drohten schon die herannahenden Karussellbetreibertypen mit dem Rauswurf. Schnell hechtete der Held zum Karussellbtreiberbüdchen, enterte die Musikanlage und stoppte Elton Johns Geseiere.

„Das macht Laune, das macht Spaahaaß!", lachte er und schickte ein wahrlich heldenhaftes Bäuerchen durch die Lautsprecher.

Nachdem die Karussellbetreiberangeber ihn unsanft von der Raupe entfernt hatten, setzte der Held seinen Weg über die Kirmes fort. Kontrollierte Randale beim Dosenwerfen sollte sein Gemüt beruhigen. Er war lange nicht mehr so in Fahrt gewesen – und er fühlte sich super.

Über den Autoren:

Jan Willand wurde im März 1974 geboren, um fortan seinen Gedanken freien Lauf zu lassen.

Nachdem auch er selbst Laufen gelernt hatte, begann Jan zu malen, später Comics zu zeichnen und fiktive Nonsens-Magazine zu schreiben.

Seine Gestaltungslust mündete zunächst in ein Studium zum Marketingkommunikationswirt und gipfelte später in einer Ausbildung zum Visualisierer / Visual Facilitator.

Neben der beruflichen Schönfärberei als Marketing- und Branding-Fuzzi frönte er regelmäßig der Schönschreiberei und verirrte sich mit seinen Gedanken in der Fantasywelt. Seither treibt er als passionierter Wortspieler sein nebenberufliches Unwesen.

Jan lebt mit Familie, Katzen, Hunden und Zweirädern im Teutoburger Wald.

Das wars.

Fürs Erste.

Prost.